JN307588

時代小説

未練坂

刀剣目利き　神楽坂咲花堂

井川香四郎

祥伝社文庫

目次

第一話　殿様茶碗

一

神楽坂《かぐらざか》の奥まった所、しぐれ坂に小僧地蔵がある。豊後杵築藩《ぶんごきつき》の家老・稲垣惣八《いながきそうはち》から、〝絶品の茶碗〟を届けるようにと依頼があったのは、その地蔵が割られる事件のあった夏の夕暮れだった。

小僧地蔵は陶製で、坂道の途中にある辻灯籠《つじどうろう》の前に据え置かれただけのものだから、何かが当たれば割れることもあろう。だが、修繕できないほど粉々にされているのには、誰もが悪戯《いたずら》では済ませられない憤りを感じていた。

神楽坂咲花堂《さくはなどう》の若旦那、上条綸太郎《かみじょうりんたろう》も例外ではなく、小僧地蔵を何故に誰が壊したのか気になっていた。ゆえに、

「――殿がご満足する咲花堂ならではの逸品を持って来てくれ。金に糸目はつけぬ。天下一の茶碗ぞよ」

と、恐ろしく目がギョロリとした家老が店に訪ねて来たときには、気もそぞろで、ろくに話を聞くこともできなかった。それほど、綸太郎は小僧地蔵には執心していたのである。

「なにを世迷い事を。あれはただの陶器。地蔵を陶器で作るなんぞ、土台おかしな話でおます。割れたところで誰が同情しますのや」

番頭の峰吉《みねきち》は、綸太郎の気持ちがまったく理解できないと文句を垂《た》れて、「あんな地蔵よりも、杵築藩のお殿様がご所望の茶器を探して進ぜる方がどれだけ大切なことか。若旦那、分かっといやすか？　江戸に店を出してから、ろくに儲《もう》けてないのでっさかい、このままでは京本店のお父上から、もう店を閉めて帰って来いと叱《しか》られまっせ」

「その親父から俺を守るのが、おまえの務めやないか」

「逆でっしゃろ。私は若旦那がちゃんとするようにと見張り役をですな……」

「そんな話はええ。小僧地蔵をどうするかや」

「違います。杵築の殿様の茶碗のことが先でございましょう」

半《なか》ばムキになって、店にある茶碗という茶碗を持ち出して来た峰吉は、座敷にずらりと並べて、どれがお気に召すかと真剣な眼差しで考えていた。綸太郎は適当なひとつを手にとって、

「これでええわい」

と箱書きをつけて、丁寧《ていねい》に包ませた。

「本当にこれでええんどすか？　端午《たんご》の茶に使う京焼ですさかいな。殿様が求めてるもの

とは違うような……」

「気にせんでええ。どうせ、利休《りきゅう》庵が立派なものを持ってくるやろ」

「そやさかい、もっとキチンとしたものをですな！」

峰吉は興奮気味に身を乗り出しながらも、覆紙《おおいがみ》を丁寧に扱う手つきに遺漏はなかった。少しでも体裁をよくしたいがためである。

だが、綸太郎にとってはどうでもよい〝腕比べ〟であった。

実は、杵築藩主の松平少将通親《まつだいらしょうしょうみちちか》は無類の骨董《こっとう》好きという噂《うわさ》であった。殊《こと》に茶器にはうるさく、まるで何かに取り憑《つ》かれたように、色々な茶碗を集めて、それを披露するために、三日にあげず茶会を開いている。

今度《こたび》は、日本橋《にほんばし》利休庵と神楽坂咲花堂の二人に競《きそ》わせて、よりよい茶碗を差し出させて、その眼力を確かめるという催しを、松平少将が開くのである。主だった家臣の他に、付き合いのある大名や幕閣らも呼んで、外桜田《そとさくらだ》にある上屋敷にて、〝腕比べ〟をするというものだ。

「ええですか、若旦那……」

と峰吉は得々と諭《さと》すように、「この会で若旦那の器量が認められれば、江戸の大名みなが揃《そろ》って一目も二目も置くことになるのどす。そしたら、うちの御墨付にもますます値打ちが出るというものです」

「御墨付の値打ちてのも妙な話だな」

「少しでも高う売れるということやありまへんか。くどいようですがな、骨董鑑定も目利きも結局は商いでっさかいな。そこんとこ忘れとんて下さいや。杵築の殿様の催し物はそれこそ千載一遇《せんざいいちぐう》やおまへんか。本店のお父上とは因縁ある利休庵をギャフンと言わせるのにも、丁度ようおまっせ」

日本橋利休庵の主・清右衛門《せいえもん》は、元々京の咲花堂本店で修業をした身である。二束三文のものに値をつけたり、贋作《がんさく》を本物として売ることはしないが、色々な権威を利用して値を引き上げる駆け引きの才覚があり、幕閣や豪商との付き合いも広い。骨董が人の心を慰《なぐさ》め豊かにし、あるいは大切な思いを込めたものであることなど二の次で、

――とどのつまりは商品や。

と割り切って、付加価値を上げ、大きな利鞘《りざや》を得るために売り抜けることのみを考えている男だった。ゆえに、綸太郎の父親・雅泉《がせん》とはまったく馬が合わず、袂《たもと》を分かったのであった。

「そんな男に負けとうないでしょう、若旦那」

峰吉は焚《た》き付けるような目を向けたが、それこそ綸太郎には、眼力を競い合うことな

ど、つまらぬことでしかなかった。モノの値打ちというのは、殊に骨董のような本来、値のないものは、見る者や持つ者の心が映るゆえに〝値〟がない。たとえ千両積まれても、渡したくない人間には売りたくないし、一両でも、この人なら大切にしてくれる、茶器のよさを分かってくれるという人にこそ売りたくなろうというものだ。

「別に格好をつけるわけではないがな、峰吉……それが俺の偽らざる気持ちや。ま、今回だけは、御老中様の推挙もあったから、その場には出向くが、下らぬ駆け引きをして、殿様に高う買わせるような真似《まね》はしとうない」

「いいえッ」

と峰吉は綺麗《きれい》に茶碗を仕舞うと、膝《ひざ》を揃えてきちんと綸太郎に向き直った。

「よいですかな若旦那。見張り役として、もうひとつ言わせて貰《もら》います。別に私は、若旦那の素行を見てるだけやありまへん。この先、京に戻った折、立派に〝雅泉〟を継げるかどうかも、きちんと見張れとお父上に命じられてるのでございます」

「また、その話か……」

「真面目に聞いて下され。利休庵みたいな強欲な目利きをのさばらせておくから、堂々と悪さをする輩《やから》も湧いて出て来るのどす。若旦那の立派な矜持《きょうじ》は分からぬではありませんが、これは単に上条綸太郎と清右衛門の闘いではありまへん。咲花堂と利休庵の闘いでもありまへん。いわば……ろくでもない目利きと、まっとうな目利きさ、との勝負どす」

「なるほど。たまには、ええこと言うな」

綸太郎は唾《つば》を飛ばして熱弁をふるう峰吉の肩を軽く叩《たた》いて、「そやけどな、それも含めて俺は嫌なんだ。早い話が、人様にあれこれ意見するような力量なんぞ俺にはない。ただ、ええもんはええ。しょうもないもんはしょうもない。それを素直に見つめるだけや。つまり、モノには相応《ふさわ》しい値というものがある。それを、あまりよう知らん人に教えてあげるのが、俺たち目利きの仕事や。違うか？」

「まあ、そらそうですけど……」

「値を吊《つ》り上げるのが仕事やなんぞと、ゆめゆめ思うなよ」

峰吉は納得できかねると堅く唇を結んでいたが、綸太郎が元々誰かと競い合うということが嫌いな気質《たち》だということは承知している。言い出したら聞かないことも分かっている。だからこそ、なんとしても、利休庵に大恥をかかせることで、咲花堂の評判を上げたいというのが、峰吉の思いであり、ささやかな親心みたいなものだった。

「それはそうと若旦那、どうして、あんな小汚い小僧地蔵に拘《こだわ》るので？」

「――小僧地蔵、な……あれは俺だけが気にしてるわけやない。峰吉、おまえだって分かってるはずや」

しんみりとした顔になる綸太郎に、峰吉は小さく頷《うなず》きながら、

「へえ。神楽坂の住人にとっては、道標《みちしるべ》のようなものやというのは分かります。でも、誰かが作り直したら、それで済む話やないですか」

「だったら、ええけどな。型に塡《は》めて作った煎餅《せんべい》や饅頭《まんじゅう》とは違うのや。同じものはでけへん。あの地蔵はな……」

「分かってます。この神楽坂を守った子供の地蔵でっしゃろ」

数十年も前の話である。しぐれ坂辺りは、武家地だったが払い下げられ、そこを分割して町屋にしたために、入り組んだ路地が出来てしまった。今でも通りを進むと、このまま行き止まりになるのではないかと思えるほど細くなる所がある。そのため一度《ひとたび》火事が起これば、燃え移って大変なことになる。

ある時、料理屋の炭火の不始末で火事が起こった。しかし、料理屋も近所の者も、寝静まっていたから、誰も気づかなかった。それを、しぐれ坂の途中で父親を待っていた平吉《へいきち》という子供が火の気に気づいて、

『火事だア！　火事だア！　逃げろ！』

と叫んで、その付近の人々を叩き起こしたのである。子供の声に気づいて飛び起きた大人たちは天水桶などで火を消しはじめ、町火消しらも駆けつけて来て、灰燼《かいじん》に帰すような

大火にならずに済んだ。

寝ぼけていた人も多かったのであろう、ただでさえ複雑な路地や隘路《あいろ》などもあって、逃げる方向すら分からずにいた。それを平吉は、「あっちが本多《ほんだ》様の屋敷だ」とか「牛込見附《うしごめみつけ》はあっち」「毘沙門天《びしゃもんてん》は向こう」というように、人々に身振り手振りで教えたという。

それが丁度、しぐれ坂の小僧地蔵が立っていた所だという。

しかし不幸なことに、みんなが助かったにも拘《かか》わらず、只一人、その平吉だけが炎に巻かれてしまった。大騒ぎの中で、その子の行方が分からなくなったという。人々に声をかけて逃げ道を教えているうちに、煙に巻かれたのではないか……という噂だったが、可哀想に遺体で見つかったのは、翌朝のことだった。

平吉は、毎夜、父親が出商いから帰って来るのを出迎えるために、しぐれ坂で待っているのが習慣だった。だが、その日父親は、漆《うるし》細工を売るために船橋《ふなばし》の先まで行っており、得意先の人に酒を馳走になっていて、帰りが遅くなった。

家で待っていればよいものを、夏風に誘われたのであろうか、まるで忠犬のように坂の途中の石段に腰掛けて、待ちぼうけをくらっていたのだった。しかし、そのお陰で、火事の被害は小さくて済んだ。

父親は息子が死んだのは自分のせいだと悔《く》やんだが、周りの人々が、

『命の恩人だ。私たちを助けてくれたのは、平吉坊』

だと感謝の涙を流すとともに、一人の子供を助けられなかったことを、何度も何度も詫《わ》びた。そして、誰とはなしに小僧地蔵を作って、路地に迷っても、ここが何処《どこ》か分かりやすくするために役立てたのである。それが供養だと誰もが信じていた。

「そやけど……へえ、若旦那の気持ちは分かります。けど、それと杵築の殿様の話は関わりおへん」

「そうとも言えん……」

と意味ありげに口を濁した綸太郎だが、それ以上は話さず、腰を上げた。

「しゃあないな。我《わ》が儘《まま》殿様にお付き合いして、小僧地蔵の爪の垢《あか》でも煎《せん》じて、茶と一緒に飲ませて進ぜるか」

「なんということを、若旦那……」

峰吉は、またぞろ綸太郎が何か良からぬことを起こす予感がして首を竦《すく》めた。

二

豊後杵築藩は譜代大名で、徳川《とくがわ》家との繋《つな》がりも深い。上屋敷の門前には、丸に三つ葉葵《あおい》の家紋をあしらった軒提灯《のきぢょうちん》をわざわざ下げてあった。

当時、家紋を表札代わりに出している屋敷はあったものの、何か事が起きて〝出陣〟でもない限り、高張り提灯を出すことはまずなかった。

この日は、幕閣をはじめ何人かの大名や、江戸留守居役を招いていたこともあって、門前を仰々《ぎょうぎょう》しく飾っていたのかもしれぬ。

綸太郎が立派な家紋の下を潜《くぐ》ったときには、すでに日本橋利休庵の主人清右衛門は到着しており、家老の稲垣惣八と実に親しげに話を交わしていた。

「これはこれは咲花堂さん。ご機嫌麗《うるわ》しゅう存じまする」

清右衛門はわざとらしい笑顔で頭を下げて、まるで自分が茶会の主でもあるかのように、手を差し伸べて招き入れた。

家老の稲垣惣八と会うのは二度目だが、類は友を呼ぶではないが、清右衛門とどことなく似た匂いがして、綸太郎はどうにも好きになれなかった。刀剣を鑑定するときでも、〝腑《ふ》に落ちない〟とか〝腹に入らない〟という代物《しろもの》があるが、紛《まが》い物を見たときの嫌な気持ちに似ていた。

通された奥座敷は、茶室を広くしたように設《しつら》えられていて、目の前の濡れ縁の先には雪舟《せっしゅう》の枯山水を模した庭園があった。招かれた客たちは嘆息混じりに眺めながら、聞こえるか聞こえないかというほどの声で口々に褒《ほ》め称《たた》えていた。

「いや、まこと素晴らしい。江戸ではなく、どこか遠くの異郷にでも来たようだ」

「まったく、贅沢《ぜいたく》とはかような風情《ふぜい》に浸《ひた》ることを申すのでございましょうな」

しかし、綸太郎には悪趣味としか思えなかった。なぜならば、茶器を選ぶときには簡素な雰囲気の中でモノを見ることが最も大切なことだ。それで初めて、目にも肌にも馴染《なじ》むかどうか〝腑に落ちる〟ことができる。

もっとも、『殿様茶碗』ならば、見る目も何もない。金に物を言わせて買い揃えれば、それで満足するのである。殿様茶碗とは、ろくに値打ちも知らぬ周りの者たちが、あれこれ適当な能書きを垂れて、騙《かた》りまがいの口先で売りつけられたものをいう。目利き仲間での隠語だ。

幕閣や大名などの客人が揃うと、松平少将が奥から現れた。杵築藩は譜代の立場ゆえ、代々、寺社奉行を務めたこともある名門である。少将はその職を辞しているが、まだ壮年の藩主であり、自ら藩政については采配《さいはい》をふるっている。江戸家老の稲垣はその右腕として、忠実に職務をこなしているというが、

——やはり、どうも腑に落ちぬ。

と綸太郎は感じていた。

松平少将は女のような少し甲高《かんだか》い声で、

「どうじゃ、稲垣。早々に始めい」

挨拶《あいさつ》もそこそこに、目利きたちに茶器を披露させろと命じた。

茶会の割には随分と不躾《ぶしつけ》な態度だなと、綸太郎は藩主に対して言いようのない不快感を抱いた。茶の湯とは、人と人が会う場であり、そのための作法を学び、お互いに向上するために稽古《けいこ》をし、美を求めることによって、その時を心より楽しむ。そうしたものである。

にもかかわらず、少将はまるで掘り出し物を探す骨董市にでも来たような態度で、客たちに接したのである。招かれた大名や幕閣たちも少々、面食らったようだが、立場上のこともあるのであろう、黙していた。

「如何《いかが》でございましょうや」

清右衛門はさすがに茶器を扱い慣れているだけあって、時代裂《じだいぎれ》を紐《ひも》も引き上げずに、丁寧だけれども手際よく、覆紙などをはずし、仕覆《しふく》や中込を取った。現れた茶碗は見事な艶《つや》やかさを保っており、中庭から差し込む陽射しに自然に溶け込んだ。

——京焼だ。古清水《こきよみず》であろう、青と緑が仁清《にんせい》の影響を受けている。

と綸太郎はすぐに見当をつけた。

仁清とは、京の仁和寺《にんな》の門前に窯《かま》を開いて、戦国時代の殺伐《さつばつ》としたところから、京文化を復興させた陶工である。その弟子、尾形乾山《おがたけんざん》とともに、後世に国宝や重要文化財に指定されるほどの名器を数々生み出した。杉形《すぎなり》という杉木立を思わせる形状で、粟田口《あわたぐち》から五条《じょう》にかけてあった窯で作られたものと思われる。

ひとつ茶碗を出されれば、参列者それぞれが鑑賞に浸りながら、ゆっくりと見て回すものだが、清右衛門は次々と茶碗を箱から出しては敷物の上に並べ始めた。尾戸焼《おどやき》、現川《うつつがわ》焼、瀬戸《せと》天目《てんもく》、丹波《たんば》から、高取《たかとり》、織部《おりべ》、そして高麗《こうらい》茶碗、唐物《からもの》青磁などを節操なく置くと、清右衛門は満足そうな笑みを湛《たた》えて、

「お殿様に相応《ふさわ》しいと思われる逸品を、我が日本橋利休庵が選《え》り抜いて持参致しました。いずれも、なかなか手にはできないものと自負しております」

と松平少将に披露した。

「なるほど。さすがは利休庵じゃ」

少将は短い言葉で脇息を叩くと、家老の稲垣に対して顎《あご》をしゃくり上げて、神楽坂咲花堂の茶碗を出せと命じた。稲垣が指図するまでもなく、綸太郎はすうっと膝を進めて、格式に則《のっと》って箱から取り出したのは、人の顔がすっぽりはまってしまうような大きな茶碗であった。

信楽《しがらき》焼らしくザラついた表面は、枯れかけた紅葉のような色合いで、『裏紅葉』と銘打たれていた。裏千家の十一代当主の玄々斎《げんげんさい》が命名したものだという。

「――これだけか？」

稲垣は不満そうな口ぶりで、その茶碗を少将に手渡そうとしたが、

「よいよい」

と拒否する手つきで綸太郎を見下ろすと、少将は不思議そうな目で訊《き》いた。

「咲花堂……おまえは何故、この一品しか持って来なかったのじゃ」

「咲花堂ならではの逸品。天下一の茶碗を持って来いと、御家老様に申しつけられましたので、この『裏紅葉』を持参したまででございます」

「これだけ、か」

「天下一が、二つも三つもございましょうや。私がこの茶会に相応しい日の本一のものと思ったものをお届けしたまででございます」

もちろん綸太郎は臨機応変に答えただけである。深く考えて信楽を選んだわけではない。金に糸目をつけぬなどと言われては、ますますもって真剣に選ぶ気にはなれない。かといって、無様なものを差し出すわけにはいくまい。だから、大勢による茶会だと聞いていたから、その場に相応しい丼のような逸品を選んだのである。

「無礼者！」

と声を発したのは、稲垣の方だった。

「咲花堂、そこもとは己がよいと思うものを持って来ればよいだけのこと。天下一かどうかは、殿がお決めになることだ」

「初めからそうおっしゃって下さればよかったのです。ならば、二束三文の茶碗も一緒に持参致しましたものを」

「聞き捨てならぬな」

今度は清右衛門が目を細めて口を開いた。

「ぬしゃ、私が披露した物を二束三文と言うのか」

「誰がそのようなことを申しました？」

「言ったではないか」

「お殿様がその目で選ぶのであれば、幾らでも持って来ると申したまで。私は、この場に一番相応しいと思う、唯一の茶碗を持って来たまでのこと。もっとも利休庵さんのような名品はうちにはありまへんけどな」

「ふむ……その皮肉たっぷりの口ぶりも父親譲りだな」

「それこそ皮肉ですかな？」

「チッ、おまえ……」

　積年の怨《うら》みでもあるのか。感情を露《あら》わにした清右衛門に、さすがに稲垣も、殿の御前であると叱《しか》りつけた。すると、少将が静かな目を投げかけたままで、

「この茶碗を選んだわけは」

「はい……」

　綸太郎は突然の少将からの問いかけに、実は困ってしまった。器道楽と聞いていたから、適当なものを見せれば、

「これは、つまらぬ。利休庵とは比べものにならぬ」

　と思って、すぐに追い返されるに違いないと踏んでいたからだ。目利き比べで負けたところで、綸太郎は一向に構わぬ。骨董眼の鋭い杵築の殿様に、

　――見る目がない。

　と〝御墨付〟をつけられたところで、何の不名誉とも感じぬ。むしろ、褒められぬ方が俗物に迎合したと思われなくて済む、とさえ思っていた。

　だが、いかにも『裏紅葉』を称賛するような眼差しを向けたのには、綸太郎も驚いた。いや、まだ称賛したわけではないが、茶器を選んだ理由を問いかけること自体が、粋人の域にあるからである。

「お答え申し上げます」

そう綸太郎は慎み深く頭を下げた。

「ご推察のとおり、裏千家玄々斎が名付けたこの茶碗は、二十人の茶会でも回せる逸品でございます。六古窯《こよう》のひとつ、信楽としてもさほど上等のものとは言えません。しかし、素朴な侘《わ》びた趣は、数々の茶人に好まれてきました。察するに、お殿様が幕閣や大名のお偉い方々を招いての茶会は、格式張ったものではなく、和気藹々《わきあいあい》の会と考えました。ですから、器の品評も大切ですが、茶を美味《おい》しく楽しむということに重きをおいたのです」

「茶を美味しく、とな」

「はい。器というものは所詮は脇役。料理は器で食べさせると申しますが、肝心なのは料理の方です。茶も同じ。不味《まず》い茶では、幾ら耀変天目《ようへんてんもく》のような名器で飲んでも、よろしくありません」

「つまり……裏紅葉こそが、この場に相応《ふさわ》しいと？」

「はい。茶会とは一期一会《いちごいちえ》にございます。生きている今、この瞬間が、ただ一度しかないのと同じで、この茶会も一度限り。適材適所と言いますが、まさにこの場になくてはならぬ茶碗だと思いました」

我ながら咄嗟《とっさ》によく口から出たものだと綸太郎は思ったが、考え方に嘘はない。日頃から常々、心掛けていることだから、素直に答えることができたのだ。

「適材適所……な」

「はい」

「なるほど。何事も、そうかもしれぬな。政《まつりごと》をする身ゆえな、茶器一つを選ぶことも、誰をどの役職に据えるかという眼力も、同じなのかもしれぬな」

松平少将は甲高い声で淡々と言ったが、綸太郎は特に返答はしなかった。稲垣は不審げな目を少将に向けていた。普段は口数が少ないのに、何故に、綸太郎に話しかけたりしたのかが不思議だったのだ。

「殿……私は、その裏紅葉のような茶碗は、この場に相応しいとは思えませぬ。そもそも、ざらついたものは茶碗に不向きと存じます。それに、紅葉の裏から見るというのは、なんとなく不吉な感じがしますので……」

「うむ。わしもそう思う。草花は表から眺めるをよしとする」

と少将は苦々しそうに笑みを洩《も》らしてから、「咲花堂とやら、おまえの店の名もそうであるように、花びらや葉は表から見るのが美しいに決まっておる。裏紅葉が茶を美味《うま》くするとも思えぬ。わしは、利休庵が届けたものから茶碗を選ぶ。よいな」

とあっさり言い捨てた。

綸太郎は深々と少将に一礼をすると、裏紅葉を包み始めた。清右衛門は勝ち誇ったように顎を少しだけ上向きにして、綸太郎の横顔を見つめていたが、まったく欲がなく淡々と箱に入れている姿を見て、一言余計なことを言いたくなったのか、

「茶の道もろくに知らぬのに、よくぞお殿様に講釈をしましたな、綸太郎さん。これからは、お父上の顔に泥を塗る真似《まね》はなさらぬ方がよろしいぞ」

「まったく、私自身、恥じ入っております」

と茶碗を包み終えてから、もう一度、少将に向き直って、

「後になりましたが、今日は茶の葉も持って参っておりました……肥後《ひご》の山奥、矢部《やべ》で採れる、独特な香味のある茶でございます」

「矢部茶、か。うむ、聞いたことがある」

少将は小さく頷いた。

茶の飲み方には、碾茶《てんちゃ》法と掩茶《えんちゃ》法がある。抹茶のように葉を潰《つぶ》して湯を足して飲むのと、葉に湯を注いでその成分を抽出して飲むのとの違いである。もちろん茶会では、抹茶に湯を足して飲む碾茶である。

「今日は人数が多いゆえ、濃茶といって、多めの抹茶を使って、少しとろみのあるものを回し飲むものと考えておりました。となると苦みが少なく、香り立つ茶がよいかと」

「なるほど、それゆえ大作りの茶碗だったか」

「はい。肥後矢部は、朝霧の深い山間《やまあい》ゆえ、よい茶葉が育ちます。熱を加えて後、乾燥させて保存しておいたものです。お好きなように臼《うす》で挽《ひ》いて飲んで下されば幸いです」

丁寧に小さな茶壺を差し出した綸太郎に、稲垣家老が口を挟んだ。

「茶碗を持てと申しつけたが、茶葉を頼んだ覚えはない。藩御用達《ごようたし》の茶問屋から取り寄せておるものがたんとある。それにな、殿の口に入れるものを、咲花堂という名のある刀剣目利きとはいえ、軽々しく受け取るわけには参らぬ」

綸太郎は素直に頭を下げて、

「これまた余計なことをしました。では、皆々様方、楽しみながら、侘び寂《さび》を堪能して下さいまし」

と両手をつくと、そのまま座敷から立ち去った。さすがは本阿弥《ほんあみ》家に連なる上条家の御《おん》曹司《ぞうし》だと客人たちは、堂々とした所作を眺めていた。廊下に出たその背に、少将が声をかけた。

「また、いつでも訪ねて来るがよい」

その言葉に清右衛門は一瞬にして、表情が凍りついた。仁王のように深く眉《まゆ》を寄せたままである。目利き比べは勝ったにも拘わらず、咲花堂までが自由に上屋敷に出入りできるとなれば、利休庵としては面白くない。

だが、綸太郎は振り返るなり、すぐさま答えた。

「いえ。仮にも目利き比べで負けた身。真剣勝負ならば死んでおるのでございます。そのような者が、お殿様に仕えられる道理がありませぬ。目利きは一人で十分かと思います」

「なんと……」

武士の情けで声をかけてやったとでも言いかけた少将だが、笛のような甲高い声でひゃらひゃらと笑った。

「まさに咲花堂の言うとおり。好きにするがよい、ひゃははは」

「それでは失礼致します」

綸太郎はまるで能楽師が舞台を滑るように足音も立てずに去った。その後ろ姿には、一分の隙《すき》もない堂々たる威圧感すらあった。その姿が消えても、少将はなぜかいつまでも見送っていた。

三

数日後の夜だった。降ったりやんだりの小雨が続いていたが、暮れ六つ（午後六時頃）

が過ぎてから、雲間がわずかに広がり、月明かりが洩れていた。

しぐれ坂の石畳に差し掛かった芸者の桃路《ももじ》が足を止めた。まるで鼻緒でも切れたかのように唐突に下駄の歯音がやんだので、

「どうしたんです、姐《ねえ》さん」

と連れの幇間《たいこもち》の玉八《たまはち》が、桃路の顔を覗《のぞ》き込んだ。

「なんだか、さっきから誰かに尾《つ》けられてるような気がしてね。玉八、ちょいと戻って見て来てくれないかい」

「え、俺が……？」

振り返ると路地の黒塀が重なり合うようになっていて、通って来た道さえ見えなくなっていた。今歩いて来たばかりなのに、戻れば見知らぬ所に迷い込みそうな雰囲気が漂っている。

神楽坂は武家地と町屋と寺社地がいい塩梅《あんばい》に入り混じっていて、独特な情緒を醸《かも》し出していて、丁度、このような雨上がりの月夜など、一句、読みたくなるような気分にさせられる。しかし、化け物とか幽霊が苦手な玉八にとって宵闇は苦手だ。

「姐さんの勘違いですよ。ほら、誰もいねえじゃありやせんか」

「なんだねえ、元は腕っぷしの強い遊び人だったくせに、からきしタマがない」

「タマはありやすよ、へえ、立派なタマが。ご入り用とありゃ、いつでもお見せしやすがね、姐さんには上条綸太郎という、俺と五分に渡り合ういい男がいるから、我慢してやすが……」

バチッと激しい音がして、玉八が跳び上がった。桃路が頭を叩いたのだ。

「い、痛えじゃないですかッ」

「男のくせにウダウダ言ってないで、ほら見て来いってんだ」

「でも、あっしは……」

「今日だけじゃない。ゆうべも、その前も、なんだか見張られてるような気がして」

「そりゃ桃路姐さんは、色々な男に言い寄られてるから、それで気に病んでるだけじゃねえですか？　いっそのこと咲花堂に寝泊まりしたらどうです」

「ひゃっ」

と桃路は跳ねるように玉八にしがみついた。うわあッと大声をあげて怒鳴ったのは、玉八の方だった。

「なんです！」

「なんだ、蛙《かえる》か……」

足元に吸いつくのをハッと蹴《け》る格好をしたが、桃路には嫌な感じが胸の辺りに張りつい

たままだった。道を戻るのは諦《あきら》めて、お座敷に急ぐために、しぐれ坂から別の路地に入ろうとすると、

「姐さん、そっちじゃねえですよ。ほら、こっちだ」

と玉八が手を引いた。一瞬、狐《きつね》につままれたようになった桃路だが、すぐに玉八の言ったとおりだと分かった。いつも目の前にあるはずの小僧地蔵がないから、方向の感覚が狂ったのである。

「あんな小さな地蔵なのにね、役に立ってたのねえ……なくなった後で分かるなんてね、申し訳ないね、ナンマイダナンマイダ」

と合掌したときである。

「ううッ……」

小さな呻《うめ》き声がして、地蔵があった所から這《は》い出て来た手があった。指先から着物の裾まで、べったりと血が流れているのが見える。玉八は目を剝《む》いて驚いたが声にならなかった。震える手で指しながら、

「も、桃路姐さん……な、な……」

闇の中を凝視した桃路の目にも、丁度、黒塀の陰に潜んでいた人影が、ぼんやりとした月明かりに浮かんで飛び込んで来た。上等な大島紬《おおしまつむぎ》の羽織だったが、バッサリと斬られ

て裏地が見えた。

地味な井桁《いげた》紋様の羽織とは違って、〝羽織裏〟は、真っ白な地塗りに金糸銀糸で縫い込んだ裸体の天女のような姿が描かれている。羽織裏とは、羽織の裏地と表地の間に隠されているもので、

――見えないところに贅《ぜい》を尽くす。

という〝通人〟が施しているものだった。羽織を裂かなければ決して人の目に触れることがない布地だ。見るからに金持ち風にするのを嫌がった商人たちは、人知れず見えないところに金をかけていることで逆に優越感に浸っていたのだ。

桃路はその天女の裸体の羽織裏を見て、アッと驚きながらも恐る恐る近づいた。

「やっぱり……阿波《あわ》屋の旦那さんじゃありませんか」

と声をかけたが、阿波屋と呼ばれた男はもう虫の息で、小刻みに震えていた腕を必死に桃路の方に伸ばしたまま昏倒《こんとう》した。

桃路は急いで玉八に町医者に運ばせたが、かくれんぼ横丁の沢庵《たくあん》の診療所に連れていったときには、既に事切れていた。

背中をばっさり刀で斬りつけられた上に、脇腹から腎の臓を突かれていた。命を仕留める手際の良さから見て、怨恨や情愛のもつれではなく、刺客による殺しであろうと沢庵は

てである。
見抜いた。元は小石川《こいしかわ》養生所の医師で、小伝馬《こでんま》町の牢医師も務めたことのある沢庵の見立
「阿波屋……名は安兵衛《やすべえ》さんとか言いましたな。このところ、町の者が神楽坂辺りを散策
しているのを見かけたというが、あまりいい噂は聞かぬな」
と沢庵は渋柿を嚙《か》んだような顔になった。
「どういうことです？」
桃路は阿波屋が人に命を狙《ねら》われるような人ではないと思っていた。阿波屋とは文字通
り、阿波徳島《とくしま》藩から来た藩の御用商人で、紙問屋である。
阿波は独特な〝和紙〟を生産していたが、阿波屋安兵衛は伝統技能にさらに磨きをかけ
て、水を汲んでも破れぬような丈夫で長持ちする紙を作ることで、書類や包み紙や掛け軸
などだけではなく、肌着代わりに着る紙羽織やちょっとした鍋の材料として使われてい
た。
天女が描かれた羽織裏も、実は俗薄紙という楮《こうぞ》で出来たものを改良したものである。だ
から版画の錦絵のように色鮮やかな絵をあしらうことができたのだ。
「どういうことです、沢庵先生。いい噂ではないなどと……」
「うむ……」

「言いにくいことでもあるのでしょうか。実は今宵の私のお座敷には、阿波屋さんも来るはずでした。どうして、こんな目に遭ったのか、先生は心当たりでも？」

沢庵はしばらく俯《うつむ》いていたが、やはり町奉行に届けておくのだったと呟《つぶや》いてから、

「実はな……何日か前、ほれ、小僧地蔵が壊された一件があっただろう」

「ええ。あれが何か？」

「小僧地蔵が割れたのは、この辺りの住人にとっては、そりゃ驚きだったろう。大袈裟《おおげさ》ではなく氏神様みたいなものだったからな。それはともかく、地蔵が誰かにわざと割られたのなら話が変わってくる」

「わざと？」

「ああ。私も詳しくは知らぬが、あの地蔵の中には、〝赤織部〟が隠されていたというのだよ、ああ茶碗だ」

桃山時代に美濃《みの》窯で焼かれたもので、千利休の高弟である古田《ふるた》織部のために作られたと言っても過言ではない。

豪胆な黒織部に対して、優美の赤織部と言われる。だが、織部には他にも青織部、伊賀《いが》織部、鳴海《なるみ》織部など大胆で奇抜な紋様のものが多く、荒々しさの中に日本古来の豊饒《ほうじょう》な独創性がある。その中でも、赤織部は古田織部自身が最後に作ったという逸品であり、好《こう》

事《ず》家の間では垂涎《すいぜん》モノであった。
「織部……？」
あまり茶碗のことなどには興味を示さない桃路や玉八だが、その名くらいは承知してい
た。古田織部は信長《のぶなが》、秀吉《ひでよし》、家康《いえやす》、そして秀忠《ひでただ》と仕えた武将でありながら、後世にその名
とともに様式を残した数寄者《すきしゃ》である。陶器に限らず、絵画や建築、料理や製紙にも、その
派手で奇抜な技や即興性を重んじた思想が生かされた。
「紙にもですか……」
と桃路は紙問屋の阿波屋との繋《つな》がりもあるのかと不思議そうに首を傾げた。
「古田織部は関《せき》ヶ原《はら》の合戦でも闘った武将。徳川家康公のもとで茶の湯を教えていたのだ
が、大坂夏《おおさか》の陣の折、織部の家臣が豊臣《とよとみ》方の家臣と通じて、徳川軍を攻めようとしたこと
がばれ、そのかどで織部自身が息子共々切腹させられたという……その前に、遺品として
残すために作ったものと言われている」
「そんなものが、あの小僧地蔵の中に？」
「ああ。阿波屋さんは、あんたも知ってのとおり、結構な骨董好きでな、しかも誰もが好
むものよりは、〝羽織裏〟を楽しむような性癖《くせ》と同じで、隠されたものを楽しんでいたよ
うでな。あの地蔵の中に〝赤織部〟が埋もれているのを何かで知ったようなのだ」

「先生はどうしてそのことを？」

「私も少々、茶碗には拘《こだわ》っておるのでな、私と四方山《よもやま》話をしているうちに、阿波屋さんはつい口を滑《すべ》らせたのだ。もっとも、なぜそのことを知ったかは聞いてはおらぬが」

「なんだか妙な風向きになってきたなあ。あの小僧地蔵がそんな……」

と言いかけた桃路は艶やかな黒髪を、もう一度、傾けるように考えてから、「待って。そんな話なら、綸太郎さんに聞いて貰う」

「綸太郎さん？」

「ええ。先生もご存じでしょ。すぐそこの咲花堂。刀剣目利きの若旦那ですよ」

「あ、なるほど」

「もし、そんな大層な茶碗が地蔵の中に埋められてたとしたら何か意味があるのかもしれないし、誰かがそれを知って見つけたのも不思議な話。そして、そのことを知っていた節のある阿波屋さんが殺されたのも……」

謎であると桃路は思ったのだ。もちろん、すでに沢庵は、下男を自身番に使いに出しているが、玉八は不安になった。またぞろ余計なことに首を突っ込んで、痛い目や怖い目に遭う不安に駆られたのだ。

「ねえ、姐さん。モノには魂が宿る。若旦那だっていつも言ってるじゃないですか。だから、俺たちには関わりないんだから、ね、変なこと考えるのよしましょうや」

「変なこと？」

「だって、思ってるんでやしょ。小僧地蔵を割った奴を探す。そいつをトッ捕まえて、茶碗を取り返すって」

「茶碗なんかどうでもいいよ。小僧地蔵をキチンと作り直させるのさ。でないと夜道に迷って仕方がない」

四

神楽坂咲花堂の軒灯は、白木の格子戸と紅殻塗《べんがらぬ》りの連子窓《れんじまど》をほのかに照らしていた。夜風を呼び込むために峰吉が引き戸をずらすと、軒下の切り子細工の風鈴が、微かに涼やかな音を鳴らした。

「そりゃ、また恐ろしく値打ちもんでっせ」

峰吉が欲の皮をひきつらせて、沢庵医師に煎茶を差し出す綸太郎を振り返った。上がり框《かまち》に座っている桃路は気味悪げに、峰吉の話を聞いていた。

「赤織部といっても、その赤は土の色ではなく、おそらく血の色でっしゃろ。そんな話を聞いたことがあります。最後の赤織部……と言われてるそうですが、まあ眉唾《まゆつば》ものかと思いまっせ。ねえ、若旦那」

と声をかけるのへ、綸太郎は曖昧《あいまい》に頷いて、

「しかし、切腹の前に作ったという話は本当らしい。だとすれば、血かどうかは別にして、乾坤一擲《けんこんいってき》の作品と言ってもええやろ」

「乾坤一擲……なんや使い方が違いまっせ」

「ま、ええやないか。自分の命運を賭けての大勝負だったかもしれへん。たしかに手下がやったことだが、古田織部には徳川家を裏切る思いなんぞなかったはずや。にも拘わらず、切腹を命じられたのは、悔しかったに違いない。何ひとつ言い訳をせずに、下命に従ったことが逆に、疚《やま》しいことはひとつもないという織部なりの武士道だったのかもしれへん」

「そうですな……」

「だが、やはり一人の人間としては、殊に茶を愛し、花鳥風月を楽しみ、書画を嗜《たしな》んだ者としては、この世に未練はあったやろう。最後の赤織部には、その思いが込められていたのではないか。そう考えると、どうしても見てみとうなるやないか」

「あら、そう?」

と桃路は気持ち悪そうに目を細めて、「私なら、そっとしといてあげたいと思うわね。だって、そうじゃない。茶碗に人の魂が宿るってことは、成仏できていないってことでしょ？　どんな死に方をしたにせよ、極楽浄土に行けないことほど可哀想なことはない。生き残っている人間が、死んだ人の思いをあれこれ詮索するのはどうもね……」

「さよう。私もそう感じる」

沢庵は茶をすすってから、「桃路さんと同じだ。しかし、死人《しびと》が出た限りは、調べて貰わなくてならないでしょう。私は医者だから、極楽浄土を信じてるわけではないし、古田織部の怨念なんぞどうでもよいが、阿波屋さんを殺した下手人を探す上では、赤織部が鍵《かぎ》になるでしょうから、その焼物についても調べた方がよかろうと思う」

「さすが先生や、そのとおりです」

と綸太郎が当然だと頷くと、沢庵はもう一口茶を飲んで、

「美味い……実に、美味い茶でございますな」

「矢部茶の新茶どす」

「ほう。これが……なかなかコクがあって、独特の旨味と渋みが混じって、胃に落ちるときに、ほんわかと香が鼻腔に湧き上がってくる感じがする」

「でしょう。茶道は抹茶がほとんどですが、私たちは普段は煎茶を頂く。清《しん》の国でも、ほ

とんど、この飲み方です」

「そうですな」

「実は、織部の影響を受けている高芙蓉《こうふよう》という京の儒学者は煎茶をよくしていて、その弟子である青木木米《あおききもくべい》さんも、茶とはこういうものだと、よく飲んでおります」

「青木木米？」

沢庵は誰か分からないと首を傾げた。

「青木木米さんは、今をときめく京焼の名陶工で、私の父親とは親しくさせてもらっておるのどす」

木米は子供の頃から、高芙蓉について漢詩や儒学を学びながら、医学の手ほどきも受けて、将来は医者にでもなろうと考えていたようだが、一番熱心に学んだのは篆刻《てんこく》であり、古器の鑑賞だったという。名陶工と呼ばれるようになるまでには紆余曲折《うよきょくせつ》があるが、染め付けによる煎茶器を精力的に作った。

青木木米の師である高芙蓉は、篆刻の名人でありながら、医師としても活躍していた。寛政《かんせい》の三奇人と呼ばれた、蒲生君平《がもうくんぺい》や林子平《はやししへい》らと並ぶ高山彦九郎《たかやまひこくろう》と親交が深かった。

「そんな人が屋敷に立ち寄っていたくらいですからな、当時の文人墨客との付き合いもあったのでございましょう。権威や伝統を重んずる抹茶に反抗するように、煎茶を好んで、いや、愛しておりました」

　と綸太郎は話して、自分も実にほっとした顔で茶を飲んだ。

「ひょっとして、これが……？」

　と沢庵は、手にした茶碗を見つめた。南画を彷彿《ほうふつ》とさせる繊細で優美な藍色のみで描いた花模様には、そこはかとない上品さが漂っていた。茶器が煎茶を洗練させ、煎茶がより清らかな陶器作りへと高めた。

「茶陶一如という心境になった頃のものやと、父は言うておりました。武家のいう剣禅一如と通じるものがあるのでしょうな。闘茶のように競い合うものもありますが、私たちにはよう分からないことどす。心の中が落ち着けて、できれば平常のままで穏やかにいられる茶が一番ようおすな……こういう器は、普段使いしてこそ良さが分かります」

「はい。で、上条さん……」

　沢庵はわずかに怪訝《けげん》な目の色になって、「どうしてまた、青木木米という人の話などを？」

「赤織部の作柄とはまったく正反対の木米と、数奇な人生を歩んで切腹して果てた古田織部が、茶という人が飲むものを通じて繫がっている。しかし、所詮は茶碗は茶を飲むための器に過ぎないのに、命を取る取らないという事件になったり、政争の道具にすらなることが不思議でならないのです」

綸太郎はしみじみと茶碗を掌《てのひら》の中でやさしく揺らしながら、

「茶碗を作った当人とは関わりのないところで、血腥《ちなまぐさ》いことが起こるのを目《ま》の当《あ》たりにするにつけ、胸が痛む思いがします。茶器を扱う私たちにしてみれば……本当に辛い」

としみじみと洩らすのへ、峰吉は赤織部のことが改めて気がかりになって、

「では、若旦那は、本当に小僧地蔵の中に、その茶碗が隠されていたと思ってるのですか？　私にはどうも……」

「道具には作った者の執念だけではない。使う者の魂も込められることがある。その赤織部が本当にあるなら、俺も見てみたい。それが偽らざる気持ちや」

と綸太郎はキッパリと言ったが、その赤織部は、杵築藩主が常々探していたものだということは、まだ知りようもなかった。

その翌日早く、北町奉行所の定町廻り同心・内海《うつみ》弦三郎《げんざぶろう》が、咲花堂の表戸を叩いた。あまりに激しすぎて、白木の格子が折れるかのようだった。

急いで出て来た峰吉は、三十過ぎにしては老練な顔つきの弦三郎を見て、俄《にわか》に顔をそむけて顰《しか》め面をした。

「なんだ、その顔は。俺が来ると迷惑なようだな」

「へえ。旦那は疫病神《やくびょうがみ》みたいなものでっさかい」

「ずいぶんだな」

「事実、ろくな事があらしまへんさかい。旦那が来たときには」

「フン。綸太郎はいるか」

「朝湯に浸かっておりますので、少々、お待ち下さい」

「ほう。おまえの所には内湯があるのか。朝っぱらから湯船とは、身上《しんしょう》潰すぞ」

「旦那方も、朝から女湯に入るではございませんか」

　女湯に刀掛けがあるのは、湯屋の営業前に町方の同心が一風呂浴びるためだった。しかし、まだ湯屋の開く刻限ではない。朝湯ということは、どこかへ行く旅支度をしているのやもしれぬと内海は勘繰った。

「ちょいと待たせて貰うぜ」

　とずかずかと店内に入って来て、刀剣や青磁の壺、掛け軸、茶器、書画などを眺めてはいたが、その値打ちは少しも分かっていない顔つきだった。いや、関心がないと言えばよいだろうか。もっとも、金目のモノなら、貰っても一向に構わないという態度である。

　――袖の下同心。

というのが近頃の、内海の評判だった。とはいえ、大概の同心は見廻りと称して、色々な商家や料理屋などを巡っては、幾ばくかの銭を袖の中へ放り込ませるものである。賽銭《さいせん》袖と憚《はばか》らず言う同心もいる。

それに比べて内海は、銭を求めることはない。それでは、ならず者の〝ミカジメ〟と大して変わらないからだ。しかし、モノを貰うことは、ためらわない。すぐに金に換えられるものがいい。たとえば咲花堂にある書画骨董だ。献上品などの余り物でもよい。すぐさま献残《けんざん》屋という〝下取り屋〟で、金銭と交換できるからだ。あくまでも金を貰っていないという状況を作っておきたいのだ。

「これは値打ちものなのか？」

内海が棚の片隅にある大ぶりの茶碗を手に取った。先日、杵築の殿様に綸太郎が見せた逸品である。

「手で触れんといて下さい。手の脂《あぶら》がついたら、わやです。特に旦那の手は脂ぎってまっさかいな」

「そんな上等なものなのか、ザラザラしとるだけで、安物に見えるがな」

「三百両は下りまへんやろ」

峰吉があっさりと言うと、内海は驚きのあまり指が緩んで、落としそうになった。

「旦那の稼ぎでは到底、無理な逸品でっせ」

「あくどい商売をしてるな」

「はあ？」

「おまえたちがだ」

「まさか。売れればの話どす。いくら値打ちものでも、ここに飾られている間は、ただの茶碗でんがな」

　峰吉は江戸に来てから、なかなか売上げが伸びないことで苛《いら》ついていた。まさに神楽坂咲花堂は、綸太郎の道楽のためにだけあるようなものだった。

「まったく若旦那の……」

　と文句を垂れそうになったとき、奥から綸太郎が現れた。洗い髪を軽く乾かしてから、椿油で整えた髪や髷《まげ》、綺麗に髭《ひげ》を剃った爽《さわ》やかな顔からは、まだ湯気がもわっと昇っていた。

「どこぞに出かけるのか？」

　内海が尋ねると、綸太郎は頷いて、

「へえ。よう分かりましたな」

「しかも、なんだか知らねえが、出陣でもするような覚悟のようだな。なに、着物の下の晒《さら》しの巻き方で分かる」

「さすがは内海の旦那。骨董を見る眼力はなさそうですが、人を見る眼はあるみたいですな。ご推察のとおり、ちょいと訳ありの事態になりましてな。お話なら、道々でもよろしゅうございますかな」

「まあ、よいが……」

と内海は体よく追い返されたと感じながら、表の坂道に出ると、路肩の石樋《いしどい》にちろちろと水が流れているのが見えた。白い水である。本来は雨水を流す水の道だが、朝炊きの米の研ぎ汁や湯屋から出る湯が流れているときもあった。

神楽坂は下っていると意外ときついと感じる。雪駄《せった》だと滑るような気さえする。だが、綸太郎はもう慣れた足取りで、早めに歩くので、内海は踏ん張るようにガニ股で、

「何処《どこ》へ行くのだ、こんな刻限に」

とせっつくように尋ねた。

「私のことより、旦那の用件を先に聞きましょう。ゆうべの阿波屋殺しのことですか」

「うむ……おまえは、杵築藩に出入りしてるそうやな」

「杵築藩ですか。三日程前、上屋敷に行ったのが一度だけです」

「本当にか」

「ほんまどす。それが何か？」

「紙問屋の阿波屋を殺したのは、杵築藩の藩士だという疑いが浮かんでるのだ」

「ええ？　それは何でまた」

「杵築の殿様は、かなりの骨董好きだそうだな。阿波屋も同じように数寄者らしい」

「ちょっと待って下さい」

と綸太郎は内海の口を止めるように振り返った。

「私は阿波屋さんのことはよう知りまへん。沢庵医師の話によると、日本橋利休庵との付き合いの方が深いらしいですよ」

「そうなのか？」

「はい。類は友を呼ぶと言いますか……亡くなった人の悪口を言うようでなんですが、利休庵とは気が合うてたようで、名器を手に入れるためなら、どんな手を使うてでも自分の手に入れたがる人やったとか」

「ま、そんな噂は聞いたことがある。それこそ仁清の忍草や乾山の夕顔など、どこで手に入れたのかというのが残されていたらしい。ま、これも噂だが、持ち主を刃物で脅してでも奪うとか、人を雇って盗ませるという卑劣なことをしていたとも……」

「とんでもないことですな。でも、茶碗に限らず、色々な骨董にはそういう魔力があるのも本当のことです」

　綸太郎は自分でも納得するように頷いてから、牛込見附まで下ったところで、牡丹《ぼたん》屋敷と呼ばれる薬種問屋を右に折れた。内藤《ないとう》新宿に向かうのである。

「で？　内海の旦那は、杵築藩の藩士が阿波屋を狙ったのは、何故だと？」

「それをこっちが聞きたいのだ。杵築藩の殿様は無類の骨董好きで、おまえと利休庵に目利き比べをさせたというではないか。だから、ひょっとしたら、殿様にはどうしても欲しいモノがあって、それがために家臣をけしかけて阿波屋を殺した……そう思ったのだ」

　あり得ない話ではないが、綸太郎はなぜかキッパリと、

「違いますな」

　と断言した。あまりにも明瞭に言うので、かえって内海が疑《うたぐ》るくらいであったが、綸太郎はこう続けた。

「私が見た限りでは、殿様の松平少将様は、骨董にうつつをぬかしているような人には見えませんでした」

「どういうことだ」

「なんというか……わざとそうしているような。稲垣という家老がいるのですが、その人の手前、骨董好きを演じている。そんなふうな感じでした」

「いや、しかし、かなりの骨董好きだと……」

と内海が承服できないと言いたげに首を傾げるのへ、

「だったら、稲垣惣八という家老の身辺を探ってみるとよろしいと思いますよ」

そう勧めて綸太郎は、内藤新宿に急いだ。

内海は、ぽつりと口の中で繰り返した。

「家老の稲垣……何があるというのだ？」

五

内藤新宿は高遠《たかとお》藩主、内藤駿河守《するがのかみ》の広大な屋敷があった。

——馬で走れるだけの土地を与えてやる。

と家康に言われたがために、真に受けて馬を駆け回って屋敷を得たという言い伝えがある。それほど広い屋敷の前に、大木戸があった。

綸太郎が大木戸を潜って、急いで訪ねたのは、追分《おいわけ》の慶明寺《けいめいじ》だった。甲州《こうしゅう》街道と青梅《おうめ》街道の分岐点で、旅籠《はたご》がずらりと並ぶ中に、小さな寺があった。元々は上野《うえの》寛永寺《かんえいじ》の宿坊であったが、初代住職がだじゃれ好きの坊さんだったらしく、出立する七ツ刻に鶏鳴が響くから慶明寺とつけた。

論太郎が訪ねて来た訳は、青木木米に会うためである。実は半月程前から、木米は三河《みかわ》岡崎《おかざき》城主・松平乗羹《のりよし》に招かれて江戸に来ていたのだ。松平乗羹は、二条城在番として京に赴任していた頃、咲花堂を通して木米と知り合ってから、よほど気心が合ったのであろう、三日にあげず二条城に招き、茶や古器などについて夜更けまで語り合った。

しかも、三河は煎茶の盛んなお国柄である。木米の煎茶の技も遺憾なく発揮できたことであろう。

木米が東海道ではなく、あえて甲州街道の厳しい道を西に向かうのは、かねてから念願の、武田《たけだ》家ゆかりの穴山《あなやま》の窯を訪ねてみたかったからである。この辺りは、瓦の生産地であるが、天正《てんしょう》年間から煎茶に相応しい湯呑みを作っていた林家の手法を学びたいがためだった。五十歳を過ぎた名工の木米が、片田舎の窯から何を修得するのか、論太郎には分からないことだった。

「いや、間に合ってよかったです」

論太郎が寺の庫裏《くり》へ駆け込むと、朝餉《あさげ》を終えたばかりの木米が、豊かな月のような眼差しで微笑んで、

「おやおや、論太郎さんではありませぬか。如何なされたのかな？」

と目下に対してでも、丁寧な物腰で声をかけてきた。

「赤織部……ご存じですか、古田織部が切腹をする前に作ったという」

木米は唐突な問いかけに驚きを隠せなかったが、あまり関わりたくないというふうに眼を逸らした。手にしている湯呑みは、恐らくこれから向かう甲州六山のものであろう。京焼とはまったくの正反対。むしろ、織部に近い豪胆な粗さがあった。

「ご存じなのですね？」

「…………」

「木米さんは、私の父とは古い付き合いでしたし、私も幼い頃によく、『木屋《きや》』に遊びに行って、陶器作りを拝見しておりました」

木屋とは木米の住まい兼工房で、後に木屋町と呼ばれるのは、この屋敷が由来とも言われている。高瀬川《たかせ》にほど近いその屋敷には、頼山陽《らいさんよう》や田能村竹田《たのむらちくでん》など素晴らしい文人墨客が訪れており、父親の雅泉に連れられていった綸太郎も少なからず影響を受けた。

その経験からも、木米が異様な骨董趣味を持っていないことは知っている。しかし、今般、江戸に来た木米の動きを改めて考えてみるにつけ、

——どうも、妙だ。

と思えてしかたがないのだ。

たとえば、二条城在番だった三河岡崎城主は、杵築城主とは同じ松平譜代の大名で、縁戚にあたる。しかも、いずれも茶器にうるさいとなると、例の赤織部の存在を知っていて、それを手に入れようと画策していたのではないか。綸太郎はそう勘繰ったのである。

「綸太郎さん……あなたは私が、その赤織部を奪ったとでも言いたいのどすか？」

「そうではありません。ただ、その話を聞いてから、どうも腑に落ちないことがあるのです。なんというか、妙な焦《あせ》りみたいなものがこの辺りで渦巻いてるんです」

と綸太郎は鳩尾《みぞおち》のあたりをまさぐってから、「利休庵と私が、杵築城主の松平少将様に招かれたことは知っておいでですね。下らぬ目利き比べ、と思うていたのですが、あれは実は、赤織部を持って来させるための仕掛けだったのではないか、そう感じたのです」

「赤織部を……」

「はい。赤織部と称されるものは幾つかあります。私が言っているのは……」

「切腹前の……」

「そうです。丁度、目利き比べの依頼に、家老の稲垣様が訪ねて来たのは、しぐれ坂の小僧地蔵が割られた日でした」

小僧地蔵がどういうものか、綸太郎は簡単に説明をしてから、

「その陶器の地蔵の中に、赤織部があったらしいのです。そしてその茶碗が、利休庵か私

の手に渡ったことが考えられる。だから、『天下一と思うモノを持って来い』と杵築の殿様が命じた」

「………」

「でも、利休庵が差し出した茶碗の中には目当てのものはなく、私が届けたのは信楽焼の裏紅葉ですから、もちろん話にならない。ですが……ええ、私もその時は何も思いませんでしたが、赤織部が奪われたことを知った何者かが、どうしても手に入れたくて、私たちを呼んだと考えたのです」

「どうしてだね。茶器を扱う業者ならば、江戸には他にも仰山《ぎようさん》おるはずや」

「いいえ。赤織部を手にして、きちんと切腹の折のものと見抜くことができるのは、私たちのほかは……本阿弥本家しかありまへん」

木米は黙って聞いていた。

「しかし、本阿弥家に渡るはずはありません。なぜならば、古田織部と本阿弥光悦《こうえつ》は犬猿の仲と聞いております。しかも、織部が切腹をしたその年に、光悦は家康公から、洛北《らくほく》鷹《たか》ヶ峰《みね》に地所を与えられて、自分たちの村を作っています。織部と同じ友人も沢山おったそうですが、その者たちもみな、同じ村に住んで陶芸や絵画に励んだのどす」

そんなことは百も承知しているはずの木米だが、何故に本阿弥家に赤織部が渡らないのか答えになってないと、少し苛ついた口調で訊いてきた。

「謀略があったかもしれないのです」

「謀略？　何の」

「大坂夏の陣の折、織部に謀反《むほん》の気配あり、と仕組んだのは光悦だという噂もあるのです。光悦は茶器に限らず、書や嵯峨《さが》本、蒔絵《まきえ》や色紙など多岐にわたって才能を発揮しました。たしかに、光悦の茶の湯の師匠は織部です。しかし、その二人の間に何があったかは知りませんが、光悦にとって、同じ風雅人として嫉妬《しっと》を感じた。あるいは自分の出世の妨げになった……様々な才能に満ちあふれている織部がいる限り、自分の出る幕はない。そう感じたから、織部を陥《おとしい》れて葬り去ろうとした節があるのです」

「いい加減なことを言うでない。何を証にさようなことを言うのや」

おっとりしている木米だがますます苛ついてきたようだ。京焼の原点とも言える二人の才人を、綸太郎が下らぬ人間として貶《おとし》めたことに、腹が立ったのか……。

「私の上条家が、へえ、本阿弥の分家筋になりますが、うちがその宿痾《しゅくあ》を背負うことになったからです」

「どういうことや」

「それこそ、木米さんとは関わりない話どす。ただ、その赤織部がもし出回ることになったら、本阿弥家が滅びることにさえなりかねない……それほど強い怨念が、その茶碗に込められているのどす」

「……俄《にわか》には信じられへんな」

「いいえ。木米さんほどの名工が感じないはずはありますまい？」

綸太郎が静かな眼で見つめると、木米はその凜然とした瞳の光を返して、

「あんたさんは、私が赤織部の在処《ありか》を知っているとでも、言いたいのか？　いくら雅泉さんの息子かて聞き捨てなりまへんで」

「そのために、岡崎城主と杵築城主に、江戸まで呼ばれたのではないですか？　小僧地蔵の中に隠してあった赤織部が、本物かどうかを見抜けるのは、木米さん、あなたしかいないと……」

「…………」

「どうして知ったか分かりまへんが、小僧地蔵の中に、その茶碗があることを摑《つか》んだ。だから、わざわざ、あなたを京から呼んで、地蔵を割って確かめたのでは、ありませんか？」

木米は図星を指されたというように、微かな笑みを浮かべて、

「さすがに咲花堂さんのボンボンや。私も陶工の一人やさかいな、綸太郎さんの言うとお

りやと認めまひょ。そやけどな、残念ながら、赤織部を見ることはでけなんだ」

「見ていない……」

「ああ、そや。実は、神楽坂しぐれ坂の小僧地蔵の中にあるという、古文書……という大層なもんじゃない、書き付けを杵築の殿様が持っていたのは事実や。それで、親戚筋にあたる岡崎の殿様が、私と深い仲だと知っておるから……鑑定を頼みに来たのや」

「けど、見てないのは本当ですか？」

「嘘やない。小僧地蔵を割ったのはええが、中は空っぽだったという話や」

「…………」

「江戸に来たのは無駄足だったわけや。そやから、甲州にでも立ち寄って、新しい匠の技を仕入れていきたいと思うてな」

「……そうどすか」

「ほんまに、私は見てないのや。そやけどな、綸太郎さん……ここまで訪ねて来てくれたから話してあげるが、その赤織部は、杵築藩家老の稲垣が隠し持ってるという話をちらと聞いた」

意味ありげに話した木米は、その秘密は誰にも洩らしてはならないと念を押した。

「どうしてです？」

「はて……私も関わりになりとうありませんからな。茶碗に怨みが籠《こ》もっているだの、茶碗が仇討ちをするだのと……普段使いの茶碗にしか、私は興味がないのどす」

煎茶を愛する者ゆえの言葉だった。

「家老の稲垣、か……」

綸太郎は初めて会ったとき、〝腑に落ちなかった〟ものが何だったのか、少し解きほぐれてきたような気がした。

六

一方、杵築藩上屋敷の門前では、内海弦三郎が、しつこいほど家老に会いたいと繰り返していた。何度か門番が伝令をしたが、

「町方に会う謂《いわ》れはない」

と相手も頑《かたく》なに会おうとしなかった。

「門番じゃ話にならぬ。阿波屋殺しのことで尋ねたいことがあるのだ。なぜ、会うこともできないのか、疚《やま》しいことでもおありか」

内海は野太い声を張り上げたが、暖簾《のれん》に腕押しだった。それでも門前に一刻ほど居座っ

ていると、千代田《ちよだ》に所用で登城していた藩主の松平少将の武家駕籠《かご》が帰って来た。

「そこな町方、無礼であろうッ」

供侍が二人、まるで先兵のように駆け寄って来て立ち去れと命じた。武家の門前をうろつくのは憚《はばか》るものだったし、怪《あや》しげな者ならば力ずくで排除するのが慣わしだった。しかし、駕籠の家紋を見た内海は構わず、地面に正座して、

「杵築藩主松平少将様とご拝察致します。お手を煩わせて恐縮至極ですが、どうか御家臣を取り調べること、お許し願いたく馳せ参りました。紙問屋阿波屋安兵衛殺しについてでございます」

と張りのある大きな声をかけた。

「阿波屋……？」

聞いた供侍の一人が睨みつけるように内海を見た。その目には異様なほどの憎悪が漲《みなぎ》っていた。

「？……」

内海はその様子をちらりと見たが、あえて語りかけず、この場は藩主に嘆願する姿勢を強くみせた。

町方同心は殺しや盗みなどの犯罪者を扱うから、不浄役人と呼ばれている。しかも、仮

に武家に咎人《とがにん》がいたとしても、同心が訪ねても捕縛できない決まりがある。取り調べをするにしても、町奉行を通じて該当する藩に申し出ねばならない。

「無礼者、貴様！　不浄役人の分際でなんだ。御定法を知らぬか！」

と供侍が鋭く肩を突くのへ、内海は平伏《ひれふ》すように、

「百も承知しております。しかし、私は事を公にしたくないから訪ねて来たまで。どうかお察し下さいませ」

「貴様……脅すつもりか」

「とんでもない。どうか、どうか私の話を！」

門を背にして座っている内海の姿には、嘆願というよりも、まるで仇討ちにでも来たような気迫があった。

「くどい！　そこをどけい。でないと……斬る！」

供侍はサッと刀を抜き払った。万が一、斬り合いになっても武家の門前だから問題はないと踏んでいるのであろう。しかし、供侍が不用意だったのは先に刀を抜いたことだ。武家の作法を持ち出すまでもなく、

――武士たるもの刀を抜いた限りには、どうやって納めるかが肝心。

となる。相手が尻尾《しっぽ》を巻いて逃げればそれでよいが、刃向かってくれば戦わねばなら

ぬ。しかし、先に抜いたという事実は残る。つまり、理由はどうあれ、抜かれた方には〃護身のため〃という大義名分ができる。

内海はそう来ると踏んで、しつこく土下座をしていたわけではない。本当に阿波屋殺しの下手人を挙げたい一心から出た行いであった。だが、戦うとなれば、内海は新陰《しんかげ》流の達人である。みすみす斬られることはない。いや逆に、相手に大した怪我をさせることなく押さえ込むことができるであろう。

「これ以上、逆らうと……！」

供侍が刀を振りかぶった。だが、斬るつもりはないと内海には分かる。その刀の刃を見上げたとき、

「ほう……立派なものをお持ちですな。和泉守兼定《いずみのかみかねさだ》ですかな？　なに書画骨董は苦手ですがな、刀の方は下手の横好きで」

反りの少ない、直刀に近いすうっと伸びた姿はまさに戦国時代に実戦で使い易《やす》そうな形だった。しかし、丁寧な手入れをしているとは思えない。鏡のように光るはずの刀身がくすんでいる。それは取りも直さず、

――人を斬った証。

にも見える。内海は、背中をばっさり斬られ、脇腹を突き抜かれていた阿波屋の刀傷を

思い出していた。

「阿波屋殺しは、あんたの仕業か……」

と声を洩らした。相手の供侍は、カッと目を見開いて怒鳴った。

「なんだと⁉」

「どうやら、図星のようですな。黙っていても、その刀が語ってます。刀を抜いたのが運の尽きですな」

「言うに事欠いて、無礼者！」

と供侍が座っている内海に白刃を振り下ろした。が、一瞬のうちに相手の懐《ふところ》の内側に飛び込んだ内海は、腕絡みで投げ落とした。供侍は背中から地面に落ちて、口から泡を吹いた。

他の供侍たちにも緊張が走ったが、その時、門内から、家老の稲垣が出て来た。家臣を数人引き連れている。やや興奮気味の稲垣は、

「貴様がしつこく屋敷に押しかけて来おった町方かッ」

と叫ぶなり、家臣たちに内海を取り囲ませた。必死の構えで家臣たちは刀の柄《つか》に手をかけている。抜いてはいない。だが、命令さえ下れば、すぐさま躍りかかる気迫があった。

さすがに内海も、シマッタと思ったが、こうなれば後には引けぬ。阿波屋殺しの下手人

を捕らえることは、町方としての使命である。ここで殺されることがあっても、武士の一《いち》分《ぶ》は立つであろう。

「御家老……ようやく拝顔できました」

内海は軽く頭を下げたが、皮肉に感じた稲垣は少したるんだ頬肉をひきつらせて、

「武家の門前じゃ。構わぬ、斬れ、坂上《さかがみ》！」

と命じた。すぐさま刀を拾い上げた供侍は、もう一度、内海目がけて斬りかかろうとしたが、今し方投げ落とされたばかりである。うっと声を洩らして構え直した。

「ほう……坂上殿と申すか」

供侍の名である。

「何度も言うが、私は阿波屋殺しについて、お訊きしたいことがあるだけ。お話を伺《うかが》うことができませぬか？」

と言いながらも、内海も刀の鍔《つば》に親指をあてがった。同時、稲垣がかかれと声をかけるなり、家臣たちがバラバラと刀を抜き払った。曇天の下ではあるが、キラリと刀の腹が光る。坂上の刀だけがくすんで見えた。

その時である。

「――お待ち下さい」

と声があって、桜田門の方から駆けて来る綸太郎の姿が灯明のように浮かび上がった。内海は一瞬、目を動かした。その隙に坂上が斬り込んだが、今度は内海も刀を抜き払い、相手の刀を捻《ひね》るように撥ね上げて、手首を打ちつけた。スパッと斬れたが、寸止めのように刀を引いたので、骨が砕けただけで済んだ。

同時、気色《けしき》ばんだ家臣たちは斬り込もうとしたが、腰が少し引けている。おそらく坂上という家臣は、藩内でも指折りの使い手なのであろう。それがあっさりとやられたのだ。探るように間合いを取っているところへ、綸太郎が倒れるように駆け込んで来た。

「お待ち下され！」

と綸太郎は稲垣を一瞥《いちべつ》して、「どうか、ご一同、刀をお引き下さいませ」

「黙れッ。これは武士と武士の諍《いさか》いじゃ。町人如きに関わりはない！」

稲垣はそう叫んだ。町人であることは確かだが、上条家は名字帯刀を許されている〝特権町人〟である。しかも、将軍家はもとより、幕閣にも一目置かれる家筋であるから、それこそ一大名の家来如きに無礼者呼ばわりされる謂れはない。もっとも、綸太郎はそのような身分を笠に着る男ではない。

「お願いでございます。どうか刀を……双方とも刀を引いて下さいまし」

綸太郎の腰には祖父から受け継いだ〝阿蘇《あそ》の螢丸《ほたるまる》〟という名脇差がある。ひとたび抜けば、その技は並の者は敵《かな》わない。そのことを知っている内海は自ら刀を鞘《さや》に納めた。
だが、気持ちが高ぶったままなのか、稲垣は家来たちに、引けという言葉を発しない。
このまま二人をまとめて斬り捨てようかという顔つきである。
「稲垣様……あなたに話があります。よろしいですかな？」
綸太郎は決然とした眼差しで声をかけた。何の話かはおおよそ見当のついたらしい稲垣
だが、そ知らぬ顔で、
「町人如きがなんだ。こっちはおまえたちと話すことなどない」
と声を荒々しく吐いたとき、御一門の家紋の扉が開いて、武家駕籠から顔を出した松平
少将が鋭い顔つきで、
「稲垣！　かような路上で何事じゃ！　屋敷の中にて話を聞いてやれ！」
と甲高い声を発した。供侍たちは駕籠の周りで跪《ひざまず》き、稲垣も腰を落として控えた。先
日、綸太郎が上屋敷で見た藩主とは別人のような鋭い眼光である。
「上条綸太郎殿。おぬしにも立ち合って貰おうかのう……さっきから聞いておったが、そ
こな町方同心は、我が藩の家臣が阿波屋なる商人を斬ったと申しておる。それが事実なら
ば捨て置けぬ。家臣の不手際は藩主の不徳によるもの。さ、入られよ」
まさに助け船と感じた綸太郎は、内海に頷いて、素直に従うことにした。

七

上屋敷に入って、すぐの座敷は客間として使われているようだった。狩野《かのう》派の優美な襖《ふすま》や掛け軸があしらわれていたが、その裏には隠し部屋があって、いつでも家臣が突入できるようになっていた。

その気配を綸太郎は察していたが、あえて火中の栗を拾う覚悟で来たのである。

「――妙な塩梅になったものだな」

と内海は自ら蒔《ま》いた種ながら、不思議な思いにとらわれていた。

内海は常々、綸太郎のことを、気取ったいやな奴だと思っていたが、振り返れば悉《ことごと》く、一枚上手を取られている。柔術で言えば紙一重でかわされている感じである。剣術ではおそらく内海の方が上であろうが、綸太郎という人物の底の深さを、少しずつ感じていた。

「何が狙いなのだ？」

内海は綸太郎に訊いたが、月光から滴《したた》るような笑みを浮かべるだけで、藩主が来るのを待っていた。

「ふむ。その前に、その辺りに潜《ひそ》んでいる家来たちが踏み込んで来て、騙し討ちにされるのやもしれぬぞ」

「そんなことをすれば天下の一大事……てなことを言うと大袈裟かもしれまへんが、幾ら町方の旦那に対してでも、それはできまへんやろ。やるなら、門前でやった方が理が通ります」

御免、と声があって入って来たのは、藩主の松平少将自身であった。綸太郎と内海は、形式的に控えて頭を下げた。

藩主の後ろからは、家老の稲垣が随行して入って来た。

「たった今、坂上に切腹を申しつけてきた。即刻、裏庭にて腹を切ったゆえ、その旨、了承願いたい」

と松平少将は淡々と述べた。その余りにも鮮やかな決断と態度に、綸太郎は、

——やはり、以前に会った時の藩主は、わざと腑抜けのふりをしていたのか。

と納得したように頷いた。

「切腹をさせた理由は、坂上が阿波屋殺しを自ら認めたからだ」

松平少将がそう付け足すのへ、綸太郎は丁寧に頭を下げてから、

「速やかなご裁断、感服致しました。ですが、お殿様、何故に、阿波屋を殺したのであり

ましょうか」

「訳を言えと申すか」

「はい」

「切腹をした者に対して、恥の上塗りをさせよと申すか」

「できれば聞きとうございます。お武家が罪を認めた上で、覚悟を決めて切腹なさったのはお見事としか言いようがありまへん。しかし、それでは真相が闇から闇へ消えてしまいます。この内海の旦那も、このままでは、奉行所へ報《しら》せることもできますまい」

「黙れ、上条綸太郎！」

横から口を挟んだのは、家老の稲垣である。

「武士が腹を切ったのだ。理由はどうであれ、阿波屋を殺したことを認めてのことだ。それ以上問わぬのが武士の情。当藩としても、表沙汰《おもてざた》にせず事を片づけ、被害に遭った阿波屋にはそれなりの供養をする」

「はい。たとえ相手がどんな人間であれ、人は人……殺せば罪を背負うのが当たり前でしょうな……ですが、お殿様」

と綸太郎は松平少将に向き直って、

「阿波屋が殺された訳を、このまま放っておいては、またぞろ似たような事件が起こらぬとも限りまへん」

「どういうことだ？」

「獅子《しし》身中《しんちゅう》の虫がいるやもしれぬ、ということです。この際、すっきりしておいた方が、御家のためになると思いますが」

綸太郎が意味ありげなことを洩らすと、また稲垣の方が唸《うな》るような声で吐き捨てるように言った。

「御家のためだと？　それこそ余計なことだ。内海とやら、町奉行には老中を通してこちらからも話をつけておく。そちのことも、熱心な同心だと褒《ほ》めておくゆえ、御役御免になんぞならぬ。安心しておれ」

内海はカチンと来て微かに腰を浮かせ、何かを言おうとしたが、綸太郎は制して、冷静に松平少将に向かって、

「青木木米さんに話を聞きました。それで、お分かりいただけますか？」

稲垣は微妙に口元を歪《ゆが》ませて綸太郎を睨み据えたが、松平少将はやはり淡々と、

「獅子身中の虫とは誰のことだ。はっきり申してみよ。事と次第によっては、そちも捨て置かぬぞ」

と言った。綸太郎は待ってましたとばかりに、一葉の紙を差し出した。

「これは……我が上条家に伝わっていた、赤織部の行方を書き留めた文書《もんじょ》です。ご覧下されば分かります」

「…………」

松平少将はそれを直《じか》に手に取ると、じっと紙面を見つめ黙読していた。中に何が書かれているか気が気でない稲垣は、落ち着きなく膝頭を動かしていた。

「お殿様もご承知のとおり、私の先祖は、本阿弥家でございます。しかし、光悦との間に色々な諍いや軋轢《あつれき》があったようで、袂を分かつことになりました……いや、芸術を愛する者同士が、そういう人間として醜いことをするのかと思うとおぞましく思います。と同時に、悲しく感じます」

「いや、陶芸にしろ書画にしろ、美しいものを作る者の心が美しいとは限らぬぞ」

「まさに、最後の赤織部がそうでございましょう。もちろん私は見たことがございませんが、私の先祖がそこに……」

と松平少将を見つめ直して、「そこに記したとおり、怨みや憎しみから作られたものが、いかに美しいか。そういうこともあるのでございましょう」

「ふむ……」

「古田織部が切腹せざるを得なかったのは、お殿様もご承知のとおり、本阿弥光悦が陥れたとも言われております。ゆえに、茶道の弟子に裏切られたと知った織部は、その赤織部を光悦に残したのでしょう……しかし、出来があまりにも良すぎて、光悦は恐くなった。しかし、茶碗そのものが持つ目に見えぬ〝力〟に惹《ひ》かれて、光悦はどうしようもなくなった。だから、私の祖先は……その怨念を一手に引き受けるべく、上条家を興《おこ》して、赤織部を祀《まつ》ったのです。我が家が〝宿痾〟を背負ったというのは、そういう訳なのです」

「…………」

松平少将は相変わらず、じっと精悍《せいかん》な顔つきで紙面を見つめている。

「しかし、その昔、徳川家に、赤織部が奪い取られる事件がありました。ある茶会の席で、披露したのがいけなかった……そのまま、消えて行方が分からなくなったのです」

「そうらしいな」

「ですが、神楽坂しぐれ坂の小僧地蔵の中に埋められていた。そのことを知ったのは、私も江戸に来てからです。ええ、神楽坂で店を出したのも、何かの縁と感じました」

「どうして分かったのだ」

「ですから、今、お殿様が見ておいでのとおりでございます」

綸太郎が意味ありげな笑みを浮かべると、松平少将はわずかに頷いて、

「奪ってでも、その赤織部を取り返そうと思わなかったのか」

「思いませぬ。あの地蔵の由来を聞くと壊すに忍びなかったんどす。そして、その地蔵を作った人がなんと……信楽焼の名工、寛幻《かんげん》さんだったんどす。へえ、私の祖父と深い関わりがあった」

信楽は、古代朝鮮語のシダラから来ている言葉で、山に囲まれた所という意味があるという。陶器は、山が産む、と表現されることがある。まさに陶器の形、深み、味わい、色合いや雰囲気は、すべてその土地の自然によって育まれ、ひとつの命となって蘇《よみがえ》るものである。普段に使う陶器もさることながら、狸《たぬき》などの置物でも、その独特のざっくりとした焼締陶の感じに温《ぬく》もりがある。

その名工がわざわざ小僧地蔵を作ったのには訳があるはずだと、綸太郎は考えていた。

「だから、小僧地蔵が壊されたと知ったときには、私には衝撃でした。そして、それを奪ったのが、阿波屋だということを知ったときも……」

「阿波屋が奪ったというのか」

「はい。好事家の虫が、どうしようもなかったのでしょう。しかし、その好事家の虫を利用していた者が、阿波屋を殺して、赤織部を横取りしたのです。もちろん……横取りした者も、赤織部の魅力に取り憑かれて、居ても立ってもいられない心持ちになったのでございましょう。丁度、玩具が欲しくてたまらなくなる幼子のように……」

「では、その者は誰なのだ」

「そこに書かれていることから、推察がつきませぬか、お殿様？　御家中の中に、古田織部ゆかりの者もいるのではありませぬか」

と綸太郎は稲垣をチラリと見た。

「その文書と、別の文書を合わせれば、小僧地蔵のある場所が分かるはず。その別の文書を追っていたのは……」

たまらず稲垣は腰を浮かせて、

「上条綸太郎、それが身共だと申すか。わしは知らぬぞ。何も知らぬ！」

「殿！　そんな文書なんぞ、何の証になりまする。それは阿波屋が勝手に壊して見つけたもので……！」

「…………」

「阿波屋が見つけたことを、どうしてご存じなのです？」

と言いかけて、口をつぐんだ。

「それは今、おまえが自分で言うたではないか」

「私は、阿波屋が奪ったとは言いましたが、小僧地蔵を誰が壊したかは言うてまへん」

「バカを言うな。そんなことで……」

興奮して来る稲垣に、

「もうよい。稲垣……」

と手にしていた文書を向けて見せた。そこには、〝へへののもへじ〟が書かれているだけで、他には何も記されていない。稲垣の本性を確かめるために、綸太郎が松平少将に投げかけたものだったのだ。まさに賭けだった。松平少将が、

——なんじゃ、これは。

と言えば、それで終わりだった。しかし、何かあると察知した少将は、臨機応変に綸太郎の一芝居にとっさに乗ったのだ。

「稲垣……坂上が切腹したときに、おまえが安堵したような顔になったのを、わしは見逃しておらぬ。おまえは前々から、わしの目を盗んでは、〝わしが所望した〟ことにして、利休庵から、あれこれ茶器や皿を集めておったようだな」

「…………」

「まあ、おまえは我が藩で代々続く家老の家柄ゆえな、多少のことは目をつむっておったが、茶碗を手に入れるがために、人を殺《あや》めるようなことをしては、もはや人ではない。申し開きできるか」

「いえ、殿……」

必死に言い訳をしようとするのへ、松平少将は毅然《きぜん》と言った。

「見苦しいぞ、稲垣。おまえはどこまで、わしをたばかるか。骨董好きのふりをして、付き合うておったのが分からぬか。さすれば、いずれおまえは馬脚を露わす。そう踏んでいたのだ」

「おのれッ、上条綸太郎！」

稲垣は怒りの矛先を綸太郎に向けて、

「私は確かに織部ゆかりの者だ。光悦ゆかりのおまえを今、ここで！」

怨みを晴らしてやるとばかりに、脇差を抜こうとしたが、内海がとっさに腰を上げた。同時、衝立《ついたて》や掛け軸に潜んでいた家臣たちが飛び込んで来て、稲垣を取り押さえた。

「おのれッ！　放せ！　おのれ！」

稲垣は激しく抵抗したが、脇差を奪われ、奥へ引きずられていった。

綸太郎はすぐさま控えて頭を下げ、

「お殿様、ありがとうございました」

と口を合わせてくれたことに感謝した。

「何を申す。礼を言うのはこっちの方じゃ。適材適所……〝目利き比べ〟をした折に、そこもとはそう言うたが、茶器に限らず、人事もまたそうであると考えさせられていたところじゃ……また、いつでも訪ねて来られい」

あの時の同じ言葉を、松平少将は発したが、今度は素直に頷いた綸太郎であった。

「しかし、不思議な男だな」

内海も首を傾げながら、笑っていた。


その後――。

赤織部は稲垣が住み込んでいる中屋敷の部屋から見つかった。じっくり鑑定した綸太郎の目には、怨みつらみよりも、

「私は徳川家を裏切っていない。信じて欲しい」

と訴えているように感じられた。その思いを伝え残してやりたいと綸太郎は思った。

再び、小僧地蔵が作られたが、陶器ではなく石像となった。赤織部が何処に消えたかは、綸太郎しか知らない。

第二話　百年目

一

恰幅《かっぷく》のよい眉毛の濃い、いかにも頑固そうな侍が入って来るなり、

「うむ……これがよい。なかなかよい。亭主、これを貰うぞ」

と堅くて太い声を発した。

白髪や顔の皺《しわ》の具合からみても、歳の頃は既に還暦を過ぎているようだが、首筋から肩にかけてついている筋肉や胸板の厚さ、太い腕や指、掌の剣胼胝《けんだこ》から見て、相当手練《てだ》れの剣客かと思われた。

「亭主。これだ、これ」

太い眉をきりりと上げたまま、黒く艶《つや》光りをしている少し四角い形状の茶碗を手にしていた。応対に出ていたのは、綸太郎ではなく峰吉だ。老けている見た目で、店の主人と思い込んでいるようだ。

「これはお目が高い……それは道入《どうにゅう》という作陶家で、我が咲花堂の始祖である本阿弥光悦とも親しかった、いや、光悦の弟子みたいな人なのです」

「さようか。幾らだ」

「へえ。それはちょっと高うおまっせ」

「買えぬと申すか。金ならある」

と懐から財布を出すと、上がり框の所へじゃらりと三十両程、放るように置いた。峰吉は少し驚きながらも、丁寧に小判を拾い上げながら、

「あ、いや、こんなには要《い》りません。五両程頂ければ……」

「そうか。ならば五両だけ取って残りはこの財布に戻しておいてくれ」

とぞんざいに言うと、もう一度、黒塗りの茶碗を手にして、深い溜息をついた。

「なかなかの逸品でございましょう?」

峰吉は財布に小判を戻して、「独特の光沢は黒釉をかけて、あえて掛け残すのです。それが花に見えたり雲に見えたり……この黄色い部分が艶やかだから、黒が生きるのでございます。〝黄抜け〟とか、火を入れて作る〝朱釉《しゆぐすり》〟とか色々な手法を織り交ぜて、様々な色合いを出すさかい、漆黒がますます綺麗に見えます」

「…………」

「これをお選びになるとは、さすが、お目が高うございますな」

「幾らと申したかな」

「――五両、でございます」

「ふむ」

「おやめになりますか?」

「いや、気に入った。貰って帰ろう」

と侍が大きく頷くと、赤子でも受け取るように峰吉は丁寧に扱って、箱に詰めた。咲花堂の〝添状〟を付けておいた。

刀剣に限ってのことであるが、折紙は幕府目利所の本阿弥家本家だけが出すことができるものだ。分家が出す際にも、合議で適切だと判断が下されれば鑑定書として出してよい。しかし、折紙というには本家に憚《はばか》られるので、〝添状〟と言っていた。

しかし、咲花堂の御墨付がついたことには違いないので、値打ちは保証されたことになる。折紙つきという言葉は、刀剣などの鑑定書から出たのである。

「道入の茶碗を持っている人なんぞ、なかなかおりまへんで。では、どうぞ」

と箱を渡すと、咲花堂の添状などさほど有り難くもないという顔で、さっさと店から出て行った。峰吉は財布を忘れているのに気づいて慌《あわ》てて追って出て、

「お武家様。財布を……」

老侍は振り返るとニコリともせずに淡々と、

「さようか。すまぬな」

と礼を述べるのへ、峰吉は懐へきちんと差し込むように入れた。

「お金は命の次に大事なものですからな、落としてはなりませんよ」

「命を落とすなとな」

「あ、いいえ、お金です……なくさないよう、気をつけて下さいまし」

「命をなくすなとな」

「ええ、ま、そういうことですな」

「かたじけない」

峰吉に軽く頭を下げると、老侍はピッと背筋を伸ばして、神楽坂下の方へ歩いて行った。その足取りは矍鑠《かくしゃく》としているというより、壮年のように力強いものであった。

首を傾げて見送っている峰吉の背中がポンと叩かれた。ハッと振り返った峰吉は、

「なんや、若旦那でっか……びっくりした」

得意先を回った帰りの綸太郎だった。冷やかすように睨みつけて、

「驚くような悪さでもしてたか」

「違いますがな、お客さんを送り出してたんどす」

「あのお侍か――」

綸太郎が見やると、往来の人たちよりも頭ひとつほど大柄な老侍が踏ん張るように、歩

いて登っていくのが見える。

「おい。また買いに来たのか？」

「へえ。今日は、道入の黒漆茶碗を買うてくれはりました」

「ええ？　そんな高いものを。幾らで売った」

「五……いえ、三両でございます」

「ほんまは」

「本当に三両でございます。しょっちゅう買いに来てくれはるので、少しは〝勉強〟しとこかなと思いましてな」

「しょっちゅうて……毎日やないか？」

と綸太郎は怪訝《けげん》な顔になって、「いつぞやは、一日に、二度も三度も来たことがあるやろ。おまえ、変やと思わなんだのか」

「そりゃ、ちょっとは……」

「ちょっとやあらへん。なんぼなんでも買い過ぎや。訳は分からへんが、うちで仕入れて他で高う売り抜けてる輩もおる」

「そんな人には見えまへんで」

「例えばの話や。せいぜい気をつけときや」

「分かりました……でも、ええ金蔓《かねづる》が現れたと思いますがな。ここんところ、さっぱり売れなかったし」

「阿呆なことを言うな。人の足元を見たらあかん。俺たちはモノを売ってるのやない。心を売ってるのや、分かっとるな」

「そんな綺麗事を言うてもな……」

と峰吉はぶつぶつ言いかけたが飲み込んだ。

しかし、その翌日も、翌々日も、老侍は咲花堂に訪ねて来ては、茶碗に限らず、皿や徳利、水注《みずさし》、瓶や壺など、手で抱えて帰れる程の大きさのものを選んで買っていった。しかも、大概が、綸太郎がいない刻限であった。

半月程前に一度、綸太郎はその老侍に、

「うちは卸屋ではありまへん。モノの値打ちを分かって、心から楽しんでくれる人に買うて貰いたいのどす」

と不躾《ぶしつけ》に言ったせいかもしれない。わざと綸太郎が留守の時をねらっている節がある。峰吉は平身低頭で相手をするから、遠慮なく買いに来ているのかもしれぬ。

綸太郎はその翌日は、何処にも出かけずに、一日中、店番をしていた。案の定、老侍は来たが、なんとなくバツが悪そうに店内を見回してから、

「亭主。手頃な湯呑みが欲しいのだが」

と峰吉の方に声をかけた。綸太郎が返事をして雪駄《せった》を履いて近づくと、

「わしは亭主に訊いておる」

実に偉そうな態度で大柄な体を向けた。そして、他の骨董品に当たらぬよう、おもむろに刀を帯から外して鞘ごと手にした。綸太郎の目には、一見して、かなりの業物だと思えたが、何も言わなかった。

「亭主に訊いておるのだ。若造に用はない」

とまた突っぱねるように言った。

相当カチカチな石頭のようだが、綸太郎が店主は自分だと名乗って、峰吉は番頭だと言うと、老侍は意外そうな目を向けて、

「さようか。ならば、おぬしでもよい。手頃な湯呑みを売ってくれ」

「失礼ですが、お武家様はこの二月余りの間、ほとんど毎日のように、私どもの店に訪れてなにがしか買うてくれてます。そやけど、ものには限度というものがあるのではないでしょうか」

「どういう意味だ」

「湯呑みももう、十個や二十個は買うてくれました。他に茶碗やら皿やら……金額にして

三百両は下りません」

「これは異な事。金を払って文句を言われるとは是れ如何《いか》に。安く買ったとか、金を払ってないゆえ文句を言われるのならば、やむを得まいが、払って文句を言われる筋合いはない」

「待っとくれやす。金を払えばいい、というものでもありますまい」

「ふむ……」

と老侍は綸太郎を値踏みするような目で見て、

「咲花堂といえば、わしも聞いたことがある。京ではえらく古い老舗《しにせ》らしいし、ものがよいから買っただけだが、それが悪いとはな。客を選ぶというか。そんな偉そうな態度ならば二度とここでは買わぬ。さらばじゃ」

老侍は怒ったふうでもなく、ただ毅然と物申すという態度で踵《きびす》を返すと、表に出て行った。峰吉は慌てて追おうとしたが、綸太郎は止めた。これで来なくなったら、それでええやないかと言った。

しかし、峰吉からすれば、折角の上客を逃がすことになる。

「若旦那、うちの台所の事情も考えてくなはれ……どないしますのや」

「客なら他にもいる。妙なのには関わらん方がええ」

「何を言うてますのや。毎度毎度、変な事件に自分から首を突っ込むのは、若旦那やあらしまへんかッ」

峰吉はいつものようにグチグチと文句を繰り返したが、その愚痴が終わらぬうちに、老侍がまたぞろ咲花堂に訪れたのだ。

同じ日の夕暮れだった。昼間に来たときとは少し違った感じで、やはり夜の帳《とばり》が下りてきたせいか、憂鬱《ゆううつ》そうな顔をしていた。そして、しばらく店内をうろついてから、

「亭主。適当な湯呑みをみつくろってくれ」

と言うのだ。

――やはり、おかしい。

綸太郎はそう思ったが、今度は峰吉に湯呑みを選ばせて、いつものように箱に詰めて渡してやった。老侍はこれまたいつものように淡々と、

「かたじけない」

と丁寧に頭を少し下げて、店から出ようとした。

「あ、金を……」

払うのを忘れたと老侍は振り返ったが、

「いつも買うてくれはるさかい、今日のは差し上げます。いいえ、お気遣い下さるような

ものではありません。安物ですさかい」

と綸太郎は丁寧に対応して、店先に出て見送ろうとしたが、老侍は何度も、只はいかん、只はならぬと繰り返した。それならばと一分《いちぶ》だけ受け取って引き取って貰った。

意気揚々と帰る老侍を眺めながら綸太郎は、

「峰吉。おまえ、あのお侍の名を知っておるのか」

「い、いいえ……」

「住まいは」

「聞いておりまへん」

綸太郎が頷いて老侍を尾行しはじめると、神楽坂上から、そよそよとした風に混じって、ほんのりと〝秋ぐみ〟の香が流れてきた。

二

まだ青々としだれている柳をくぐるように、老侍はいかにも武芸者という足取りで、坂を登りきり、大御番《おおおばん》組の手前を赤城《あかぎ》神社の方へ曲がった。

通りには辻灯籠《どうろう》がともっているが、暗がりに紛れ込まれると見失うかもしれない。綸太郎は急いで駆け登って、路地を曲がったが、既に老侍の姿はない。

　ちょっとした路地塀は隠れる所などなく、その先は神社の境内《けいだい》に繋がっている。わずかの間で、境内まで老侍が駆けて行ったとも考えにくいが、とにかく先へ進むと、いきなり背後に人の気配を感じた。途端、首筋にひんやりとしたものが当たった。

「何故、尾ける」

　老侍の声である。綸太郎は振り返ろうとしたが、刀の腹をペタリと押しつけられていた。少しでも動けば斬るという気迫が漲《みなぎ》っている。

　綸太郎も浅山一伝《あさやまいちでん》流や一刀流を嗜《たしな》んでおり、腰の〝阿蘇の螢丸〟を手にすれば、並の者ならば数人は倒せようが、背中に感じる気配は只者ではない。相手が斬ろうと思えば、すぐさま綸太郎は斬られていたはずだ。

「私です。咲花堂です」

「先程の骨董目利きのか」

「はい」

「何故、尾けると訊いておる」

　店でも立派な態度ではあったが、今まさに見せているのは、鋭い剣客の息吹であった。下手すると本当に斬られる。綸太郎は俄《にわか》に震えがきたが、尾ける理由を問われても困る。

「お武家様はかなり骨董にうるさそうですから、一度、ゆっくりとお話をしたいと思うたのです。それだけどす」

「ならば店でそう言えばよい」

「申し訳ありまへん。見送った後に、思い直したもんですから」

「…………」

「あきまへんか？　いつもいつも買うて貰うばかりで、なんとのう申し訳のうて。私のようなものでよろしかったら、お酒でも一献」

「わしは酒を飲まぬ」

「さようですか……では、もし、お嫌でなかったら、芸者でも呼んで飯でも食べましょうか。ほんまにお近づきの印です」

「芸者、か」

　その言葉に、刀の気迫が少しだけ薄らいだ。老体ながら、女への執着や思いはあるのであろうか。だが、少しでも動けば斬られることには間違いあるまい。それほどの手練れだと、綸太郎は感じていたのだ。

「ご執心の芸者でも？」

「いや。その昔、藩を出る時、別れた芸者がな……その話はともかく……」

突然、殺気が消えた。そして、鞘に刀を納める音がすると、老侍は綸太郎の前に立って、鋭い目で見下ろし、

「よいか。これからは人の後ろをコソコソと尾けるでない。わしでなければ、その首、既に飛んでるやもしれぬぞ」

「……申し訳ありませんでした」

綸太郎が素直に謝ると、老侍は先を進んで歩きはじめながら、

「わしの住まいはすぐそこだ。来るか」

と誘ってきた。綸太郎は渡りに船とばかりに、返事をして後を追いかけた。

神社の境内を抜けると、ちょっとした明地《あきち》があって、そこから未練坂《みれんざか》に差しかかる手前に、うらぶれた長屋があった。

未練坂とは、このあたりに芸者の置屋があったことから、誰とはなしにそう呼んでいる。本気で惚れた相手と何刻もこの坂で別れを惜《お》しんだからとも、身請けをされながらも神楽坂が恋しくて離れ難くて振り返るから、とも言われている。

もっとも、老侍は半年程前にこの長屋に来たらしく、住まいの目の前の坂の名すら知らなかった。

うらぶれている割には立派な作りの長屋だった。一人暮らし用ではなく、子供が二、三

人いても住めそうだった。

　当時は裸貸しと言って、畳もなければ、竈《かまど》もない長屋がはやっていた。江戸には独り者が多く、家族が増えればその都度、畳も増やしていくのだ。寝て一畳、起きて半畳の暮らしが普通だったから、それで十分だったのである。

「狭苦しいところだが、上がるがよい」

「お邪魔いたします」

　入口の柱に、蒲鉾《かまぼこ》のような板で、『三島唐兵衛《みしまとうべえ》』と表札がかかっていた。

「三島様……なのですね」

　綸太郎は声をかけたが、それには何も答えず、さっさと上がれというふうに手招きをした。綸太郎は雪駄と、汚れているからと足袋《たび》も脱ごうとすると、

「そんな礼儀は無用。うちの畳の方が汚いくらいだ」

　と冗談を言う口調ではなく、真面目な顔のままで言った。だが、それが謙遜《けんそん》であることはすぐに分かった。畳は綺麗に掃き清められており、数少ない箪笥《たんす》の類《るい》も艶々しく磨かれていた。

　だが、奥の部屋を見て驚いた。

　そこには、足の踏み場もないほど、茶碗、皿、壺、花瓶、銚子、徳利、土瓶などがずら

り並べられてある。しかも、織部、志野《しの》、黄瀬戸《きせと》などの美濃焼から、九谷《くたに》焼、唐津焼、丹波焼、備前《びぜん》焼などがまるで骨董店のように〝鎮座〟しているのだ。咲花堂の店から買い求めたものばかりではない。

綸太郎は一瞬、茫然《ぼうぜん》と眺めてから、

「酒は飲まぬ、とおっしゃるあなたが、何故、徳利まで買い集めなさる」

と問いかけると、老侍の三島は咲花堂から買ってきたばかりの湯呑みを、無造作に箱から取り出すと、しばらく見つめてからポンと隣室の片隅に置いた。

「旦那。これらの箱書きや添状はどうしたのです？」

「添状？」

「はい。これらの茶器や壺の値打ちを表すものです。箱書きといって、これらの陶器が入っていた箱があってこそ、値打ちがあって人にも売れるのです」

「そんなものはない。捨てた」

ふと土間の竈を見ると、綸太郎の目に飛び込んで来たのは、箱をバラバラにしたものだった。丁寧に積み重ねてはいるが、明らかに薪代わりに燃やしていたようだ。

「これでは、小判を燃やしているようなものですぞ」

「そうなのか？」

「そりゃ……茶碗の値打ちなど、使う人が決めるものだから、箱書きや添状をつけて、高く売ることはありまへんが……」

もう一度、綸太郎は奥の部屋の陶器を溜息まじりで眺めながら、「これだけの名器を揃えても、普段使いはできしまへんやろ。そもそも、これだけの数が……」

必要ないであろうと言おうとしたとき、三島が白髪混じりの鬢《びん》をなでつけてから、

「わしも不思議なのだ」

「はっ？」

「どうして、かような茶碗や皿があるのか、不思議でたまらぬのだ」

「旦那が買い集めたのではないのですか」

「わしが？」

「へえ……さっきも、うちで、この茶碗を」

と持って見せた。それから、綸太郎が覚えのある咲花堂から買った陶器を指し示しながら、誰がいつ頃作って、どれくらいの値打ちがするものかを教えた。一度でも店にあった骨董は、我が子も同じである。二つと同じものがないゆえ、きちんと覚えているものなのである。

「これを……ああ、たしかにさっき、咲花堂さんだったな、あんたの店でそれは買った。

だが、これも全部買ったのか？　昔から屋敷にあったような気がするが」

「屋敷に？」

「うむ。わしはこれでも、出羽《でわ》大鶴《おおづる》藩次席家老であった」

「出羽大鶴藩十七万石……お見それいたしました。そんな大藩の……」

「なに。それは遠い昔の話。今は我が身ひとつの気侭《きまま》な浮き世暮らしだ」

と言いながらも、どことなく寂しそうな顔になった。綸太郎は訝《いぶか》しげに見やっていたが、たしかに大藩の次席家老で、数寄者ならば、これくらいのものは集めていよう。

しかし、それならば箱書きや折紙は大切にしているはずだ。しかも、以前いたという屋敷から運んだのであれば、押し入れなどにきちんと仕舞っておくのではないか。まさに、子供の玩具のように無造作に投げ出されているだけであった。

三島は、この集めた陶器をどうすればよいかと真剣に悩んでいる顔をしている。

「いや、まいった……」

と三島はそれが癖であるのであろう、鬢を撫でながら、「一人暮らしの私に、こんなにも茶碗や皿は要らぬのだがな、割ったり捨てたりするのには忍びなくてな」

「…………」

「はてさて、困ったものだ」

真剣な眼差しで陶器を見ている三島の横顔をまじまじと眺めて、

——どうやら、自分がやっていることが分からなくなってるようだな。

と感じた。年老いれば、誰とてなるかもしれぬ。病というよりは、足腰が弱るように、頭が弱ると言えばよいか。綸太郎は同情の目で見ていたが、今すぐどうすることもできなかった。

目の前にある陶器をすべて咲花堂で買い取ることもできよう。だが、もしそうすれば、老侍はいつもあるものを喪失した気持ちに陥るやもしれぬし、またぞろ買い集めるやもしれぬ。そういう衝動に駆られることを、綸太郎は色々と見聞きしたことがあるし、自分の祖父も晩年はそうであった。

祖父は骨董屋であるから、蒐集《しゅうしゅう》をしたところで誰からも変には思われなかったし、店としてもさほど困ることはなかったが、三島の場合は違う。しかも独居である。綸太郎は他人事《ひとごと》ながら、心配になってきた。

ふと長屋の外に人の気配がした。

綸太郎がそっと立ち上がって長屋の外に出ると、素早く木戸口の外まで駆けて行く人影が目に映った。そこで、もうひとつの人影が重なって何やら、ひそひそと話しているように見える。

「おい！　誰だッ」

強く声をかけると、その綸太郎の声に驚いて、今度は雪駄の音を鳴らしながら、赤城神社の方へ逃げ出した。木戸口まで行って見たが、既に姿はない。

——明らかに、あの老侍の部屋を窺《うかが》っていたようだが……。

綸太郎の胸に小さな黒い雲が広がった。部屋に戻ると、老侍は陶器をひとつひとつ手に取りながら、見ようによっては慈しむように撫でている。

——それにしても、先程、俺に刃を突きつけたときの獣のような鋭さは欠片《かけら》もない。あのときの老侍なら、俺より先に、今の不審な者たちの気配に気づいていたはず……。

いつまでも陶器を眺めている三島を、綸太郎は不思議な面持ちで見ていた。

三

翌日も、老侍の三島は咲花堂に現れた。そして、同じように店内を重々しい顔で見回してから、目に留まった茶碗に手を伸ばして、これが気に入ったと金を払おうとした。

綸太郎から話を聞いていた峰吉は、丁寧に断った。だが、

「何故、売ってくれぬのだ。その訳を聞きたい」

とあまりにも堂々と言うので、峰吉はやむを得ず売ってしまった。高く売ってはならぬと申しつけられていたから、一両は下らぬものを、半値で売った。三島は満足げな顔をするでもなく淡々と、実に自然な態度で持ち帰るのであった。

　綸太郎は昨夜の賊らしき人影が気になっていたので、幇間のオコゼこと玉八に頼んで、三島の長屋を見張らせていた。あまり頼りになる奴ではないが、まだ何事も起こっていないのに、北町同心の内海に探索させる訳にもいくまい。

「若旦那……結局、売ってしまいました」

　奥で見ていた綸太郎も、どうしてよいか腕組みで唸《うな》って、

「どうしたものかな。一度、沢庵先生に看《み》て貰うか。小石川養生所でも面倒を見てくれるかもしれんが、三島さんは金に困っている様子はないからな」

「そりゃ、ええ御身分ですな……十七万石の大名の次席家老といえば、家禄は三千、いや五千石は下りまへんやろ。はあ、羨ましいことです。私ら、お先真っ暗ですわ」

「人様と比べたらあかんがな……とにかく、このままではあかんやろ。なんとかしてあげないとな」

　と綸太郎が真剣な眼差しになるのへ、峰吉は呆れ顔で覗き込んで、

「それそれ、若旦那の悪い癖ですわ」

「何を言うのや。おまえかて、案外、直《す》ぐにそうなるかもしれへんで」

「やめて下さい」

「ほなら、京近くの窯の名を十、言うてみい」

「信楽、丹波、膳所《ぜぜ》、赤膚《あかはだ》、宇治朝日《うじあさひ》……えっと……」

「危ない、危ない」

「若旦那ッ。そない急に言われてもでんな……落ち着いて考えたら、すぐに……」

峰吉がムキになっているところに、玉八が血相を変えて飛び込んできた。大きく膨らんだ鼻の穴から、かなり切迫している様子が分かる。

「どうした、オコゼ。毒針が自分のケツにでも刺さったか」

「何を暢気《のんき》なことを、早く早く！」

と綸太郎の腕を摑むなり、店の表に引っ張り出そうとした。峰吉は陳列している茶器や壺が落とされて割れるのだけが心配だった。

玉八が連れて来たのは、赤城神社の境内だった。

赤松やブナ、楓《かえで》などの雑木林に囲まれた一角に、小さな屋根つきの土俵がある。神事用だが、普段は近所の子供たちが遊んでいた。その子供たちが恐れをなして逃げ帰っていたのは、今にも刃傷沙汰《にんじょうざた》が起ころうとしていたからである。

まず綸太郎の目に飛び込んで来たのは、老侍の三島だった。

その前に、夫婦《めおと》連れと思われる四十絡みの武家男女が、刀や小太刀を抜き払って、今まさに躍りかかろうとしているところだった。

「さ、刀を抜いて尋常に勝負して下さい」

女房らしき女が気丈に小太刀を構えている。その立ち方から見て、相当な鍛錬《たんれん》を積んだ者と見える。夫と思われる男は、少し情けない顔をしている。体の前に刀を立てているのは、卜伝流《ぼくでんりゅう》の〝印の構え〟であろうか。

——戦う前から、護身の構えとは……。

少々情けないのではないかと、綸太郎は思ったが、一瞥《いちべつ》するだけで、三島には到底敵わない腕前だと感じた。夫婦者らしい二人は、着物の下に白装束を身につけているのが見える。よほどの覚悟であろう。まさか、老侍が誰かの仇とでもいうのだろうか。

——さては、ゆうべの人影は、この二人だったか……。

綸太郎は黙って様子を見ていた。

「だ、旦那……早く止めて下さいよ、旦那」

「ふむ……」

「暢気に溜息ついてる場合じゃねえでしょ。こういう事があったらいけねえから、あっしを張らせてたンじゃねえんですか」

「しかし、もし本当の仇討ちならば、止めるわけにはいかぬであろう」

「な、なにトチ狂ったことを……」

「まあ、見ておれ。腕が違いすぎる」

「だったら、あの爺さん、殺されてしまうじゃねえですか」

「逆だよ。危ないのは夫婦の方だ」

「――夫婦?」

玉八は首を傾げて、「どうして夫婦って分かるんです。兄弟かもしれないし」

「手首の数珠《じゅず》を見てみろ。あれは夫婦を誓ったものだし、感じで分かろうってもんやないか。おまえはそんなだから、女にもてないんだよ」

「あッ。これでもあっしはね……」

「散々、泣かしたンだろ。ま、見てなって」

玉八は急き込んでまで報《せ》せたのに、綸太郎が落ち着いて眺めているので、不思議でしょうがなかった。

だが、たしかに夫婦連れは打ち込む間合いに戸惑っているようだし、三島の方もいつものように背筋を伸ばし、しかも左腕を袖に入れたままで二人に対峙《たいじ》している。右手には先程、咲花堂で買ったばかりの京焼の茶碗を箱ごと手にしている。

「――いざッ。尋常に勝負なされ！」

女がもう一度、叫んだ。武道を嗜《たしな》んでいる気迫のある声だが、相手が刀を抜くまで待つというのは、闇討ちではなく、正々堂々と仇討ちをするという覚悟の表れであった。

土俵の脇に、竹槍《たけやり》のようなものを突き立てており、その先に『果たし合い状』が掲げられてある。綸太郎は中を見たわけではないが、おそらく中には、夫婦の出身藩の藩主と江戸町奉行の仇討ち許可状もあるはずだ。

だとすると、三島は本当に夫婦に命を狙われる謂れがあるのであろう。綸太郎にはまだ判断がつきかねていたが、次の女の言葉で、真実が分かった。

「三島唐兵衛！　我が父上、神崎与五郎《かんざきよごろう》の仇を、婿《むこ》の篤次郎《とくじろう》共々に討ちます！　刀を抜かぬなら、こちらから斬りかかるがよろしいか。さ、正々堂々と勝負なされい！」

夫婦の鉢巻きからは、うっすらと汗が滲《にじ》み出ている。極度に緊張しているのであろう、脈拍が高まっているのが端から見ているだけでも分かる。綸太郎は、このままでは、下手をすれば本当に、三島に返り討ちに遭うと見抜いた。

それだけは阻止せねばなるまいと感じた綸太郎は、わずかに両者との間合いを縮めて、いつでも割って入れる所に足を運んだ。もちろん、夫婦者は周りのことなど目に入っていないようだ。

「いざ――!」

婿の篤次郎が気合を込めたときである。

「神崎与五郎だと?」

と三島は太い眉毛をわずかに歪《ゆが》めて、「神崎なら、その昔、わしの下で働いていた男だ。なかなか有能な奴でな、たしか勘定奉行を任せておった」

「さよう。その神崎与五郎の娘、佳代《かよ》でございます」

「佳代……ああ、そのような娘御もおったような気がする……すまぬ。昔のことは忘れたわけではないのだが、このところ、妙に薄くなったような気がしてな。はは、霞《かすみ》がかかったようじゃ」

「卑怯者! 惚《とぼ》けるのでございますか!」

「惚ける……何をだ?」

「父上を闇討ちにしたではありませぬか! その後すぐに、あなたは脱藩! どこぞに身を隠したではありませぬかッ……あれから幾年……私はあなたを忘れたことがありませぬ。あんなに……あんなにあなたに尽くしに尽くした父上を裏切り者に仕立て上げ、野良犬でも扱うように殺した……許せませぬ。断じて、許しませぬ!」

熱い思いが込み上げてきたのか、佳代は問答無用で斬りかかっていった。三島は軽くいなして、手にしている茶碗が割れるのを気にするように、両手で持ち直すと、

「待て待て。この茶碗は買ったばかりなのだ。あ、そうだ。話はゆっくり聞くから、わしの長屋に来ぬか。大したものは何もないが、茶くらいは淹《い》れて進ぜよう」

「ふ、ふざけるなッ！」

今度は、篤次郎が腹の底から、怒りを露わにして叫んだ。

「貴様はそれでも人間か！　少しは反省し、悔い改めて、義父を供養しているのかと思っていたが、私たちの考えが甘かった。やはり、あなたは自分のことしか考えぬ、下らぬ奴だったのだッ……ここで会ったが百年目……覚悟！」

篤次郎はすっと腰を落とすや、念《ねん》流のような太刀筋で、八の字に開いた足で踏み込んだ。激しい腰のねじれができて、素早く刀を振り抜けるからだ。

だが、三島の方は一瞬先に、その動きを見抜いたように間合いを取り、茶碗の箱を持ったまま、ひらりと篤次郎の背後に跳んだ。まるで若者のような身のこなしに驚いたが、佳代が横合いから踏み込んで、小太刀を突き抜こうとした。

「ふむッ」

するりと一寸を見切って避けた三島は、その背中に斬り込んで来る篤次郎の切っ先もか

わして、トンとその背中を押すと、たたらを踏んで倒れそうになった。危うく、夫婦で相打ちになりそうに崩れた。

「お、おのれッ！」

と怒りの限りに、篤次郎が刀を振りかぶったとき、三島は茶碗の箱から手を離し、鋭い目になって刀の鍔に手をあてがった。

――危ないッ！

綸太郎は、すぐさま躍り込んで、篤次郎の帯を引き、後ろ襟《えり》を摑んで、背中から引き落とした。一瞬の間に柔術で倒された夫の姿を見て、佳代はハッとたじろいだ。

「何をするッ。邪魔だてすると容赦しませぬぞ」

と声を発したが、綸太郎は佳代の前にずいと立ちはだかって、

「返り討ちにあっていたぞ。それでもよいのか」

「か……構いませぬッ。命が惜しくて仇討ちができますか」

「まあ、待ちなさい」

綸太郎は背中をしたたか打って、まだまともに息ができないでいる篤次郎を起こして、活を入れた。啞然《あぜん》と見ている佳代は、ふと三島に目を移すと、今し方、一瞬だけ見せた殺気は消えて、足元の茶碗の箱を拾い上げていた。無造作に箱を壊すように開けて、

「咲花堂さん、ほら」

　と茶碗が無事だったことを見せて、初めて微かに笑った。

「…………」

　佳代はその三島の様子を見て、愕然《がくぜん》となって、自らも膝を崩して地べたに座り込んだ。

　綸太郎は折角の着物が汚れると窘《たしな》めて、

「どうやら、長年探した仇討ちの相手が、すっかり物忘れをしていたようですな。それだけではありまへん。老いのためでしょうが、頭に重い障害ができてしまったようです」

「そ、そんな……」

　佳代は茫然と、茶碗を大切そうに撫でている三島の姿を見つめていた。

四

　三島は何事もなかったかのように長屋の自室に戻り、いつものように茶碗を並べてはみたものの、

「どうして、かように沢山の茶碗があるのであろうか」

　と不思議そうに眺めているのだった。

そんな様子を見た佳代と篤次郎は、戸惑いを隠せなかった。まさに長年、追い求めて来た父の仇が、本当に覚えていないとなると、どう対処してよいか分からなくなったからだ。

「いや……私は信じませぬ」

佳代は大きく首を振って、「この三島という人は、昔から惚《とぼ》けるのが実に上手《うま》い人でした。己の悪さも人に押しつけ、まずいことはひた隠しにし、そうやって一介の郡《こおり》奉行下役から次席家老まで登りつめた人なのです」

「色々と仔細はあるようどすが、どうでしょう。ここでは話しづらいこともあるでしょう。私の店で……なに、この御老体は大丈夫。逃げも隠れも致しまへんやろ。今のところはここが気に入って、住みついておりますからな。心配ならオコゼをつけときますから」

「オコゼ？」

と言いながら、木戸口で立っている玉八を見やった。

「ええ。この辺りではちょっとした顔ですから、三島さんが何処《どこ》へ出歩いても、すぐに見つけ出します」

それでも佳代は信じ切れない顔をしていたが、篤次郎の方が、咲花堂なら聞いたことがある。将軍家にもゆかりのある由緒正しい刀剣目利きだと話した。

咲花堂まで来て、少し心を落ち着かせたものの、佳代は実父の仇を目の前にして、何もできないことが悔しくてしかたがない、そんな顔で唇を嚙《か》みしめていた。だが、覚えのない者を斬り捨てるというのも憚《はばか》られる。できることなら、三島の記憶を元に戻して、改めて尋常に勝負をしたいと願った。

「失礼ですが、それでも返り討ちにあうのがオチと違いますか？」

綸太郎が言わずとも、当人たちも承知しているようだった。

「なにしろ、相手は剣術指南役もしていたほどの一刀流の達人です。私たちが束になってかかっても敵わないであろうことは百も承知です。でも……」

と佳代は、まだ汗の滲《にじ》んでいる瘦《や》せた頰を拭いながら、「相手がどういう境遇になっていようと仇は仇。繰り返しますが、私は今すぐにでも……」

ぐっと辛さを堪《こら》える佳代に傍らからそっと手を差し伸べた篤次郎は、

「大丈夫か？」

と傾きかけた体を支えた。佳代の顔色が悪いのは、気が高ぶっているからではなく、長年の苦労が祟《たた》ってのようだった。

綸太郎は峰吉に気付薬を煎じて飲ませるように言ってから、労《いたわ》りの言葉をかけた。

だが、佳代は生まれもって気丈な性格なのであろう。大丈夫だと繰り返すだけだった。

しかし、余りにも真っ青な顔になっているので、帯を緩めて、奥で横に寝かせた。

命を賭けるほどの緊張をしていたのだ。女の身には応《こた》えたに違いない。しばらく佳代の側に、篤次郎が寄り添っていると、一挙に緊張が解けたのか、静かに寝息を立て始めた。

「奥方は体が悪いようだが」

と綸太郎が優しい目を向けると、篤次郎は申し訳なさそうに頷いて、

「はい。元々、心の臓がよくないのですが、気質はその逆でして……でも、そのお陰で、私もなんとか生きて来られました」

と入り婿らしく、妻に気遣いながら答えた。妻の少し瘦《こ》けた頬をそっと撫でてから、篤次郎は綸太郎に改めて向き直ると床に手をついた。

「まことに、かたじけない」

「……？」

「先程、止めて下さらなければ、私と妻はあなたの言うとおり、返り討ちにあっていたに違いありません」

篤次郎は自分の腕前を弁《わきま》えているようだった。なぜ初対面の綸太郎に、正直に話そうとしたのかは分からない。ただ、

——一度は刃を向けたから、義理は果たした。

という気持ちがあって、ずっと背負っていた肩の荷が下りた様子だった。

「篤次郎さん、気を悪くせんといて下さいや。私は侍やないから、正直言って、私には仇討ちをしたいという気持ちが分かりまへん」

綸太郎は穏やかな目で、「相手を殺したところで、何かが変わるとは思えないからどす。怨みを抱いて生きるほど、己の心が傷つくことはありませんからね」

「…………」

「でも……お上が、御定法に則って片づけてくれないのなら、あるいは怨みを抱くやもしれまへんな」

「いえ。おっしゃるとおり、私は義理で付き合っていたというのが本音です……妻は心から仇討ちを願ってますが……」

篤次郎は本音をちらりと洩らした。藩を出て、十数年も旅から旅を続け、身も心も疲弊するまで仇を探し続けることは、砂を噛むような毎日で生きている心地がしなかったという。

しかし、武門の意地もさることながら、仇討ちは、藩主からの命令だ、という重圧もある。仕留められずにおめおめと国元に帰れば、家の名に傷がつくことになる。

「義父、神崎与五郎は羽州大鶴藩勘定奉行の職にあって、次席家老の三島唐兵衛のもとで実直に勤めておいででした。にも拘わらず、ある夜……義父は三島に呼び出された河原で、闇討ちにされたのです。大勢の手の者に囲まれての斬殺でしたッ」

まるで目の前で見ていたかのように篤次郎は話した。

「陥れられた、と言うのですか？」

綸太郎がさりげなく訊くのへ、篤次郎はこの十数年の来し方を振り返って、実に悔しそうに拳《こぶし》を握ると、

「さよう……無念の死でした」

「よほどの事情があるのでしょうな」

「京で……しかも雅《みやび》な暮らしをしていた咲花堂の若旦那様には分かりますまいが、我が藩はいつの世も凶作続きで、それこそ毎年のように藩財政を維持するのにきゅうきゅうでした。様々な作付けの統制をしたり、副業として漆《うるし》の植え付けなどをしましたが、なかなか蓄財はできない。それどころか、幕府や大坂の商人などから、何万両もの借財をせざるを得ない始末になりました」

「…………」

「藩の気風を刷新するために、新たな学問所を設けて、新しい人材を育て、藩政の改革も推進しましたが、肝心の作物が思うように育ちませぬ。産業が花開かぬ限りは、領民の暮

らし向きはどうにもならず……志ばかり高くても、人は糊口《ここう》をしのぐことができなければ、やがて心も乱れてきます」

「実は私も、もう少し若い頃ですが、諸国を歩き回っておりまして、奥羽にも足を運びました。角館《かくのだて》の白岩窯などを見て回って後、鶴岡《つるおか》はたしか、藩校は致道館《ちどうかん》でしたか、竹内《たけうち》先生のお宅にお邪魔しました」

「竹内先生……久右衛門《きゅうえもん》様のことですかな」

「はい。知り合いというほどではありません。私の父がちょっと……」

「そうでしたか」

と篤次郎は異郷の地で縁故の者に遭遇したような安堵《あんど》した顔になって、さらに親しみを込めて続けた。

本当に長年、世俗とも深く関わらず、仇討ち一筋、その思いだけで生きてきたことの疲れが滲み出ていた。

「その藩主側役《そば》でもあられた久右衛門様と、城代家老の水澤《みずさわ》様が、藩の政《まつりごと》の方針で真っ向から対立して、藩内では血腥い抗争にまで発展したのです」

「争い……」

「はい。領民にとっては、そんなことはどうでもよいのです。けれども、そういう藩のお偉方の争いが収まらない一方で、不作は続く……領民はたまったものではありません。色々な所で一揆が起こるようになりました。でも、一揆を抑えられなければ、それこそ幕府からも叱責されましょう。ですから、竹内様とは昵懇《じっこん》だった勘定奉行の義父が、対策に乗り出したのです」

綸太郎は黙って聞いていた。篤次郎はよほど義父の神崎与五郎を信頼していたのであろう、水澤という城代家老の悪行を捲《まく》し立て、その一派である次席家老の三島唐兵衛の不実さも語った。

悪行とは、例えば藩札を〝米札〟と称して、幕府の許しを得ずに乱発し、農民たちには現金が渡らないようにしたり、御定法で決められている備蓄米を大坂の蔵屋に流して、藩の上層部だけが利殖を得ていたりしたことだ。

それらの不正に気づいた神崎与五郎が、

『城代家老の水澤様に物申す。一揆を鎮めるためには、藩札を配ることではなく、備蓄米を金に換えて上前をはねることでもなく、郷村からの穀物買い入れを厳重に慎み、領内の特産物を奨励して、諸国販売をするような方策をすべきではありませぬか。我慢我慢と、領民には塗炭の苦しみを強いて年貢を吸い上げ、己たちだけが、利殖をしていたとは断固、許せることではありませぬ』

と具申したことが、神崎謀殺の引き金になったのである。

「つまり……城代家老の不正が露見すれば、それまで抗争を有利に運んでいたのが、一転して、藩主側役で、藩校の高徳な師範でもある竹内久右衛門様に傾くことになります。だから……」

「三島さんが、あなたの義父を闇討ちにしたと？」

「はい。そう聞いております」

綸太郎は妙な引っかかりを覚えて、問い返した。

「聞いている？」

「はい。もちろん私は勘定方におりましたが、下っ端です。ですから詳細なことは分かりません。しかし、城代家老が藩札を不正に出していたことは、私も摑んでおりました」

「いえ、余計なことかもしれまへんが……闇討ちにした、つまり、三島さんがあなたの義父を斬ったというのは、誰かに聞いただけなのですか？」

「私や妻が、この目で見たというわけではない、ということです」

篤次郎は念を押すように言ってから、「しかし大勢の藩士が見ております。三島唐兵衛が、直属の部下の義父を呼び出し、いきなり斬り殺したのを」

「ならば……果たし合いなどせず、闇討ちにしますか、三島さんを」

「それは、いや……」

「あなた方の苦労はよく分かりました。あ、いえ、人様のことをそんなに簡単に分かるなんて言ってはいけませんね」

と綸太郎は軽く頭を下げてから、「でも、こうして会うたのも何かの縁です。よりよい方法を考えてみませんか」

「よりよい方法？」

「へえ。骨董でも年月が経ってから、ころりと評価が変わってしまうことがあります」

「……評価」

訳が分からぬという顔になった篤次郎に、綸太郎ははんなりとした声で、

「藩はどうなのです、今は。大鶴藩といえば、その名のとおり、丹頂鶴が飛来するような風光明媚《ふうこうめいび》な所やないですが」

「はい。私もその土地に生まれたことを、自慢に思ってます」

「その藩の財政や状況はどないなのです？　まだ藩政は乱れておるのですか」

「いえ。新しい作物の作付けや独自の織物や紙などを生み出して、まあまあ諸国に売りに出されたと聞いております」

「ということは……気を悪くせんといて下さいや……あなたの義父、神崎さんの死によっ

て、藩が救われたかもしれん、ということは考えられまへんか？」

　綸太郎の言いたいことが、篤次郎には分かったのかもしれないが、自分たちの堪えて忍んだ十余年の歳月の重さを考えると、すぐさま頷くことはできなかったようだ。

「三島さんも、昔の三島さんではないかもしれないし、実は何か訳があったのかもしれまへん」

「訳……？」

「骨董となったときに、値打ちがようなるかもしれへん訳、という意味です。私には……たしかに三島さんは、頭が弱っているような気はしますが……闇討ちをするような人とは思えまへん」

「どうして、そう？」

「はっきり言えませんが、陶器を集めてることと、どっかで繋がってる。そんな気がするのどす」

　と、綸太郎は自分に言い聞かせるように頷くと、すっかり眠っている佳代を見た。二人の話など耳に届いていないのであろう。十数年ぶりに安堵して、深い眠りに沈んでいるようだった。

五

羽州大鶴藩の上屋敷は神田《かんだ》橋内にあった。立派な長屋門だが閉じられたままで、通用門から、慌ただしく家臣たちが出入りをしていた。

門内の中間《ちゅうげん》部屋を抜けて、玄関脇の道を左手に向かうと大きな銀杏《いちょう》の木があって、その先に、藩士たちの組屋敷がある。およそ二万坪もある広大な藩邸内には、家臣たちの住まいが、丁度、城郭を取り巻く武家屋敷のごとく、母家を防御して建ち並んでいた。

藩主は国元なので、江戸家老の宮内典膳《みやうちてんぜん》が幕府との交渉や藩執政の全権を任されていた。宮内は、城代家老の水澤とは親戚にあたり、まもなく隠居する歳である。

「ご家老……ご家老！」

組屋敷から駆けつけてきた家来が、小柄で小肥《こぶと》りの宮内に息急《せ》ききった声で、

「見つかりました。三島唐兵衛様の居所を探し出したにございます！」

「三島……？」

宮内は一瞬、誰のことだと首を傾げたが、

「元次席家老で藩を出奔中の……」

と言いかけたとき、ポンと膝を扇子《せんす》で叩いて頷いた。居場所を聞いた宮内は、意外な目になって、

「この江戸におったとな」

「はい。今しがた、神崎篤次郎が屋敷に報せに参ったよし。されど、二島唐兵衛様は年老いてはいるものの、かなりの腕前。篤次郎と佳代二人では敵わぬものと、助っ人を求めてきました」

「助っ人をな……」

深い溜息をついて宮内は唸った。篤次郎夫婦は藩を出て仇の追跡をしているものの、元々は藩主が仇討ち許可状を出している事案である。助っ人を求められて断るのも道義に反する。

「相分かった。手練れを四、五人集めて、神崎の求めに応じてやれ。三島は十人相手にしても怯《ひる》まぬ剣の達人だ。用意周到に近づき、うちの者に怪我のないよう気配りせい」

「はあ、しかし……」

家来は何をか言い淀んだので、宮内が訝しげに見ると、

「実は、当の三島様は……」

矍鑠《かくしゃく》とはしているものの、頭の方が薄れており、奇行をしている旨も伝えた。

「そうか……だが、それは奴一流の韜晦《とうかい》を決め込んでいるのやもしれないし、よしんば事実だとしても、老いたのが原因ならば、昔のことはよく覚えているということもある」

「そうなので？」

「うむ。今がどうであろうと、奴が神崎を斬って出奔したのは間違いない。油断せずに、助っ人をするがよかろう」

「はっ」

家来は深々と頭を下げて立ち去った。遠くで慌ただしい声が響く。宮内は端然とそれを聞きながら傍らの茶に手を伸ばすと、側役の中村伊兵衛《なかむらいへえ》が入れ代わりに廊下から入って来た。宮内とさほど歳は変わらないように見える。

「ご家老……」

「ああ。話は聞いた。しかし、神崎夫婦がまだ仇討ち相手を探していたとはな……」

「はい。とうに何処か手頃な藩に仕官し直して、平穏に暮らしているかと思うておりました。そうなるよう、こちらも裏で色々と計らっておったのですが」

「うむ。仇討ちなんぞ、三年も追いかければ身も心もくたくたになって諦めるはず。執念というよりも、バカだな」

と宮内は嘲笑《あざわら》うように言って、「三島には生きていて貰っては困る。頑固一徹な武士《もののふ》であるから、余計なことは洩らすまいが、年月は人を変える。己が身の不遇を嘆き憐れんで何を言い出すやもしれぬ」

「そうですな……それこそ三島様は、あのような事をしなければ、悪くとも宮内様のその席に座ってたやもしれぬ人材」

「余計なことを言うな」

「これは申し訳ありません」

　中村は軽く頭を下げてから、「では、事と次第では、三島様を殺した上で、神崎夫妻も葬った方が……」

「いや。それはまだ様子を見ておけ。神崎篤次郎は少々抜けておるが、佳代はもって生まれた美しさに加えて、図抜けて利口なおなごじゃった。それがまだ、己が父親の死に拘って仇討ち相手探しを続けていたとは、いささか片腹痛い」

「さようでございますな。とまれ、三島様の方はどんな手を使ってでも始末しておきましょう。さすれば、神崎も佳代も仇討ちを果たしたとして、藩士も納得しましょう」

「いや、しかしだ……」

　と宮内は複雑な苦笑いを浮かべた。

「神崎与五郎は、領民にとっては立派な勘定奉行という〝伝説〟にすらなっている。その仇討ちを完遂したことが国元で広まれば、神崎が目の敵にしていた城代家老の水澤様が、悪者になってしまう。それがきっかけで、旧悪が暴かれるようなことになれば、親類であるわしの身も危うい」

「はい」

「方法はおまえに任せるが、やはり、そうよのう……おまえが今しがた言うたように、神崎夫婦には、適当なところで消えて貰うのがよいかもしれぬな」

宮内が真剣な眼差しに変わると、中村は全てを了解したように頷いた。

赤城神社裏の長屋の周辺に、数人の大鶴藩士が現れたのは、その日の夕暮れのことだった。蝙蝠《こうもり》が慌ただしく羽ばたいて、この時節には珍しく蒸していた。

藩士たちは、離れた所から長屋の木戸口を見張っていたが、すぐさま斬り込むことはしないでいた。三島の部屋には、篤次郎と佳代が訪ねていたからである。その合図を待って乗り込むことになっていた。

その藩士たちの背後の薄暗い中に、中村が現れた。既に助っ人役らしく、きりっと襷《たすき》掛けをしている。

「中村様……」

家来の一人が声をかけると、中村は決意の顔で頷いて、

「篤次郎の合図を待つまでもない。直ちに乗り込んで、三島を斬り、篤次郎と佳代も斬り捨てて構わぬ」

「え……?」

ためらいがちな顔になる家来たちに、中村は悪びれる様子など微塵《みじん》もなく、

「江戸家老のご命令だ」

「いや、しかし……」

藩士の中には、篤次郎の元同僚もいるし、若い頃に剣術を一緒に学んだ者もいる。佳代の父、神崎与五郎を慕っていた者もいる。父の仇を見つけて、いざ果たそうとする当人まで殺せとは、幾ら家老の命令でも納得できるものではなかった。

「まあ見てろ。どうせ、奴らの腕では、三島に斬られる。さすれば、どうする。どうであっても、三島を斬らねば、それこそ我らの恥だぞ。分かっておろうな」

中村は誤魔化すように言ったが、素直に頷く者はいなかった。

だが、一向に篤次郎と佳代から合図は送られて来ない。

長屋の奥の一室では——。

やはり、いつものように三島がずらり並べた茶碗や花瓶などを眺めていた。もちろん鑑

賞を楽しんでいる目ではない。こんな数のものがなぜあるのか、どうしたものかという面持ちである。

その傍らで、佳代は毅然とした態度で、しかし半《なか》ば同情したように、三島の横顔を見つめていた。

「本当に、申し訳ないと思っているのですか」

佳代は穏やかだが厳しい口調で訊いた。

「構わぬぞ。斬るがよい」

「…………」

「わしは卑怯者だ。長年、どれくらいか覚えてはないが、もう逃げ疲れた」

まともに答える三島をまじまじと見て、佳代は帯に差したままの懐刀を握り締めた。だが、今日は先日とは違って、実に恬淡《てんたん》と身構えている。

「すまぬ。先日は突然のことでな、おまえたちの顔も思い出せなんだ。佳代さん……うむ、どことなく父上の面影がある。見つかった限りは、逃げも隠れもせぬ。作法など細かなことはよかろう。ひと思いに殺《や》りなされ」

そう言われて殺せるものではない。しかし、余りにも人をバカにしたような口ぶりに、佳代はむしろ苛立ちを覚えた。

「それにしても、あなたは今日も咲花堂に、その茶碗を買いに行った」

と篤次郎が膝元の唐津を指さして、「それは覚えてないようですね……でも、何年も前のことは覚えてる。特に、大鶴藩でのことは」

「大鶴藩、むろんだ。わしの故郷ゆえな」

「では、私たちの父上を斬ったことも承知しておいでですね」

「…………」

「どうなのですッ」

篤次郎が詰め寄ろうとすると、三島はギラリと鋭い目になって、

「だから、殺せと言うておる。それとも、尋常に勝負をするか？」

一瞬、戸惑った篤次郎は何か言おうとする佳代を制するように手を出して、

「もちろんです。私はあなたのように闇討ちはしたくない」

「闇討ち、な……」

「その前に、きちんと聞いておきたいのです」

「何をだ」

「義父を斬った訳を、です」

三島は膝元の茶碗を掌の中で弄《もてあそ》びながら、

「訳か……そんなものは忘れた」

「都合が悪いことは思い出さぬのですか。よいですか三島様。私たち夫婦が十五年もの間、あなたを探してきたのは、仇討ちをしたいがためだけではありませぬッ。その訳を知りたかったからです」

篤次郎と佳代は、それこそ臥薪嘗胆《がしんしょうたん》の思いで、仕官もせずに、噂だけを頼りに親の仇を探していた。三島らしき男が、道場を営んでいると聞けば二十里を一日で歩いて行き、どこぞの藩の剣術指南役に似た者がいると噂を耳にすれば、山越えをしてでも急いだ。

旅の途中、そんな夫婦の境遇を知った親切な人の中には、仕官の口を推挙してくれた人もいるし、虚《むな》しい仇討ちなどやめろと勧めてくれた人もいる。流れ着いたある宿場町では、小さな寺子屋で子供たちに読み書きを教えていたこともある。そんな時には、

——もう仇討ちは諦めて、子供でも作って、平穏な暮らしをするのもいいのではないか。

と考えたこともある。そうしたところで、亡き義父は許してくれるのではないかと、脳裡をよぎることもあった。

だが、そう思うたびに、篤次郎も佳代も、ただ目の前の苦しみから逃れたいための方便だと思い直した。父親の仇を討たなければ、故郷の大鶴の峰々や海原を二度と拝むことは

できないのだと。

「そんな思いをして探した相手は、既に御老体だ……いえ、御老体とて腕は到底、私が敵《かな》うものではありますまい。しかし、あなたが歳を取ったように、私たちも取った」

「………」

「私はいい。だが、妻は女の盛りを、あなたを追うためだけに過ごした。子をもうける喜びも知らぬままに」

三島は心から申し訳なさそうに俯いて、

「すまぬ。まさか、そこまで、わしのことに執念を燃やしているとは知らなんだ。知っておれば、割腹して果ててもよかった」

「今更、そんな泣き言は聞きたくありません！」

と佳代は強い口調になって、

「婿殿の言うとおりです。私たちは、あなたを殺したいがためだけに迫って来たのではありません。できれば、知りたい。父上を斬った訳を！」

どんよりと曇った目で茶碗を眺めていた三島が、

「訳、な……」

と小さく頷いた時、ゴトリと長屋の表で物音がした。

三島が振り返ると、玄関の外に三人、裏手の雑木林に続く猫の額ほどの庭に二人、襷《たすき》掛けをした大鶴藩の家来たちが、既に刀を抜いて中の様子を窺っていた。

「ま、待て……まだ合図は出しておらぬぞ」

と篤次郎は腰を浮かしたが、言い終わらぬうちに家臣たちは乗り込んできた。

ドンと篤次郎を押しやった三島は、素早く傍らの壁に立て掛けてあった刀を摑むなり、抜き放つと、一瞬のうちに二人を斬った。わっと悲鳴を上げて転んだ一人の藩士が、座敷に並べてある陶器の上に倒れた。

途端、ベキッと鈍い音を立てて、茶碗などが数個、割れた。

それを見た三島の目が、異様なほど険しく吊《つ》り上がった。

篤次郎は異変を感じて、佳代を庇《かば》いながら間合いを取り、刀を鞘ごと摑んだまま、息を飲んでいた。しかし、三島は篤次郎に向かって来ようとはせず、表に誰かを見つけたのか、老体とは思えぬ素早さでダッと駆け出した。その勢いのまま、木戸口に走り、すでに真っ暗になっている赤城神社の境内まで行った。

倒れていた藩士二人は、呻きながら起き上がった。血は流れていないが、腕や首根が青白くなって酷く腫《は》れ上がっている。峰打ちだったようだ。

境内のまだ青い楓の木の下に来た三島は、中村の姿を見て、

「おうおう……中村ではないか。篤次郎殿や佳代さんなど、懐かしい顔ばかり現れたかと思えば、おまえもか。ふん、老いぼれてしまったからな、わしも、とうとう死ぬのやもしれぬな」

と微笑を洩らした。意味ありげな不気味な笑みが、灯籠の明かりに浮かんだ。

六

「安心せい、中村。すべては墓場まで持ってゆく」

と三島はじっと見据えて言った。

「わしはもう耄碌《もうろく》しておる。すべては墓場まで持ってゆくゆえ、江戸家老の宮内にも、国元の城代家老にも安心するよう言うておけ」

「三島唐兵衛……何の話か知らぬが、命乞いをしても無駄だ」

「…………」

「神崎篤次郎と佳代に助太刀致す！」

中村が刀を抜き払うと、残りの三人の家来が背後から取り囲んだ。だが、いずれも気迫がない。

怨みも何もない。ただ、理不尽に命令されて突っかかる剣法に人を殺せる道理がなかった。

「いずれもナマクラだな。今度は怪我では済まぬぞ。腕や足が使いものにならなくなっても知らぬ。いや、命を落としても、わしは知らぬぞ」

若い家来たちは、少し身を引いた。泰平の世の中、刀を抜き払って刃傷沙汰《にんじようざた》を起こすことの方が希《まれ》だった。普段の稽古も、木刀がほとんどであり、真剣を使った居合もまともにしているとは思えぬ。三島はそうした若い連中の腕を見抜いており、

「死にたければ、かかって来い。わしはどうせ余った命だ。露と消えても惜しくはない。さっ、かかって来いッ」

と腹の底から響く声で挑発した。若い藩士たちはゴクリと生唾《なまつば》を飲みながら、さらに間合いを広げた。

「何をしておるッ。怖《お》じ気づいたか！」

中村は鼓舞して叫ぶが、気迫に欠ける上役を見れば、家来たちは後込《しりご》みしてしまうというものだ。ズイと進み出る三島に臆して、中村は一歩、下がった。

「家来をこういうふうに使うでない。武士たるもの、家来を思い、領民を思うことこそが、藩主への忠義となる」

「貴様如きに説教をされる謂れはない」

「こっちも、貴様に斬られる謂れはない」

睨み合ったまま動かない二人を、家来たちはじっと見守っていた。中村は動かないのではない。動けないのだ。

「み、三島……わしを斬ると、それこそ、一生、藩から追われる身になるぞ」

「一向に構わぬ」

と三島はさらに鋭い、まさに剣術使いらしき〝目付け〟となって、「藩政が少しでもよくなるやもしれぬしな。さ、かかって来い」

まったく怯《ひる》む様子はない。端から素人《しろうと》が見ていても、既に勝負がついている。

「来ぬなら、こちらからッ」

三島が履き物を払い捨て、八相の構えになったとき、篤次郎が割り込むように、

「お待ち下さい、三島様」

と必死に声をかけた。三島はピクリとも動かないまま、中村を見据えている。そして、わずかに間合いを詰めた。打ちかかれば、おそらく一拍子で中村は袈裟《けさ》懸けに斬られるに違いあるまい。

「三島様！」

まっていた。

だが、既に三島の心の中は獲物を狙った獣のように、まったく揺るぎのない気構えに固まっていた。

中村は明らかに怯えたように顔をひきつらせ、今にも刀を投げ出しそうな逃げ腰である。全身ぐっしょりと汗をかいて、柄を握る掌も滑りそうである。

「キエーイ!」

踏み込もうとした時、ひらりと一舞の扇子が二人の間に落ちてきた。瞬時、三島は扇子を斬り裂いたが、その隙に中村は背中を向けて逃げ出した。

その前に、黒い人影が立った。

——綸太郎だった。

中村が思わず錯乱したように斬りかかったが、あっさり足をかけられて、滑るように倒れてしまった。落とした刀を必死にまさぐったが、綸太郎が拾い上げながら、

「三島様。あなたのような腕利きが斬るような相手ではございません」

と諭《さと》すように穏やかに言うと、三島はすうっと興奮の血が冷めたのか、

「咲花堂さん……だったかな?」

見覚えがあるとでも言いたげに、実に曖昧《あいまい》な顔つきをしてから、

「うむ。たしかに咲花堂さんだ」

と納得したように、すぐさま納刀した。そして、

「そなた。初めて見たときから、只者ではないと思うていた。刀の方もな」

そう付け加えた。

「とんでもない。私は町人の身分で、下手の横好きでございます」

「謙遜するな。おまえが扇子を投げなんだら、わしは本当にそやつを斬っておった。どんな奴であろうと、人を斬って気持ちよいはずはなかろう」

中村は刀を捨て置いたまま、家来たちに引けと命じてから、

「篤次郎！　貴様がグズグズしておるからだ。自分できちんと始末せい！」

と叫びながら逃げ出した。家来たちを従えて、アッという間に神楽坂に向かう境内の道を走り抜けて行った。

綸太郎が振り返ると、灯籠の前にぼんやりと篤次郎と佳代が立っていた。なぜか、仇討ちをする気力を失っているようだった。神崎与五郎を斬って奔走するという事件がなければ、もっと出世していたはずだ。その三島の今の境遇に同情したからではない。

「三島様……」

と佳代は割れた茶碗のかけらを持っていた。

「これは、あなたの大切なものなのではないのですか」

三島は近づいて佳代から茶碗のかけらを受け取るなり、さらに地面に叩きつけた。

「なにが大切なものか、こんなものッ」

「……！」

何か言い出しそうな佳代に、綸太郎は首を振って、

「さあ、三島様。夜露は体によくない。部屋に戻りましょう」

綸太郎に促《うなが》されて、長屋に戻ろうとすると木戸口の所に、芸者姿の桃路が立っていた。三島は薄明かりの中に浮かぶ麗《うるわ》しい立ち姿を見て、

「あっ……」

と小さな声を洩らした。そして、今まで見せたことのない、はにかんだ顔になって、

「梅奴《うめやっこ》か？」

そう呟《つぶや》いた。桃路は跳ねるように三島に近づきながら、

「やですよ、旦那。お忘れになったのですか？」

「む……？」

「いつぞや、私に絡んでた悪い奴らを追っ払ってくれたじゃないですか」

嘘である。桃路は綸太郎に頼まれて、三島がその昔、出奔した折に別れた芸者を思い出させるように仕掛けただけだ。

「助けた……どうじゃったかな……」

三島は遠い目になった。未練が残っているに違いないと桃路は感じたが、忘れようと必死になっているようにも見える。

「未練坂……と言いましたかな……」

三島は長屋近くの坂を振り向いたが、小さな溜息をついて踵《きびす》を返した。

茶碗や壺を買い集めたことも忘れている。そのことは多少、自覚している三島には、桃路を助けたかどうかなど問題ではなかった。それよりも、芸者姿を見せることによって、少しでも物忘れを留める刺激にならないかと、綸太郎は考えたのである。

「梅奴がこんな所におるはずがない。しかも、こんなに若いはずがない」

と三島は苦笑した。客あしらいの上手な、人気芸者の桃路である。まるで幼児でも相手にするように手を差し伸べると、三島も悪い気はしなかったのか、素直に従った。

それを安堵したように眺めてから、

「お二人にも会わせたい人がおります」

と綸太郎は、すぐ近くの料理屋に来るよう誘った。不思議そうな顔になる篤次郎と佳代には、まったく思いもよらないことで、戸惑いを隠せないようだった。

七

『松嶋屋《まつしま》』という箱提灯が、ほんのりと灯っている。振袖《ふりそで》坂から鉤《かぎ》のように曲がった路地を少し入った所にある料理茶屋である。

諸藩の江戸留守居役が幕閣との交渉に使ったり、大店《おおだな》の旦那衆が寄合で使う、江戸でも屈指の有名な店だ。創業は寛永《かんえい》年間、元々は将軍家光《いえみつ》や矢来《やらい》の別邸に住んでいた家綱《いえつな》などが下る際の休息所として使われていた。

綸太郎は神楽坂の『もずの会』という食通の集まりの折に来る程度ではあるが、人様に話を聞かれないから、都合がよかった。

二階の奥座敷に入ると、痩せた総髪の老人が高膳を前に座っていた。甘鯛の刺身、小《こ》鰈《がれい》の煮つけに、葉芹《はぜり》や芽独活《めうど》などの天麩羅、はまぐりの潮《うしお》汁が添えられてあった。

老人は、入って来た篤次郎と佳代を見るなり、

「これは篤次郎殿に佳代さん……長い年月、ご苦労でありましたな」

と少し嗄《しわが》れた声で懐かしそうな目を向けた。

「二人とも少々、やつれたようですが、それは私のせいかもしれぬ……ささ、お座りなさ

れい、ささ」

座席を勧められて、篤次郎は凝然と老人を見てから、ハハアっと平伏した。つられるように佳代も従った。

「これこれ、そんなことをされては困る。さ、まずは一献……」

と老人は、篤次郎に杯を差し出した。

「こんなことで、お二人の苦労を労《いたわ》るつもりではない。とにかく、無事でいてくれて嬉しい。ただ、それだけじゃ」

「は、ありがたきお言葉……」

篤次郎は素直に杯を受けて、返杯をした。佳代は面識がないらしく、戸惑った顔をしていたが、綸太郎が口を挟んだ。

「竹内先生です。竹内久右衛門先生」

藩主の側役であり、藩校の師範だった人物である。

「なに、私はもう五年前に大鶴藩から任を解かれてな、江戸に来て、昌平坂《しょうへいざか》学問所で漢学と朱子学を少し教えておるのだ。ああ、この上条綸太郎殿の父上とは、書画骨董を通じての友人でな、若い頃、私が京に遊学した折、色々と世話になったのじゃ」

「いえ。それは父の方で……」

と綸太郎は、先日、篤次郎から話を聞いたときに、竹内久右衛門のことが出たので、当時の藩の事情を聞いてみたいと思い、ツテを頼ってみたのだった。すると江戸にいることを、今日になって初めて知ったのである。

「まことに申し訳なかった」

竹内はもう一度、頭を下げてから、

「あなた方が追っていた三島殿について、話しておきたいと思うてな」

「三島さんの……」

「ああ。綸太郎さんから聞いたところによると、少々頭の方が……もっとも、私もそうじゃがな、三島殿はああいう武骨の人だ。もし、覚えていたとしても決して語らぬであろう。勘定奉行の神崎与五郎を斬ったという真相を」

「なんですか、それはッ」

佳代の方が身を乗り出して、すがりつくように訊いた。

「あれは……凶作続きで、藩の政《まつりごと》も空回りしており、無能な城代家老の水澤らが自分の利殖ばかりに精を出していた頃だった……」

様々な財政再建策を作り上げて、藩主に答申した折のことである。

神崎はそれこそ切腹覚悟で、死装束を麻裃《あさがみしも》の下に着込んで、藩主直々に談判をした。

『殿！　吉岡《よしおか》村、中筋《なかすじ》村、北内《きたうち》村をはじめ多くの村が、数年来の凶作によって、領民たちは困窮の極みという現状でございます。もう我慢も限りを尽くしたと、あちこちで一揆が湧き起こっております』

『そんなものは、郡奉行に任せてある。速やかに沈静せよとな』

と藩主は現実を見ようともしない有り様であった。

だが、神崎は懸命に説得しようとして、あらゆる村々を回って領民の意見を聞き、いかに年貢や冥加金《みようがきん》などによって苦しんでいるかの資料を集め、さらにどのような土地に新しい作物を作るか、産業を興すかなどの検討を重ねて、窮余の一策として、

――鉱山と水路の開発。

を打ち立てた。

奥州ほど金銀が豊かではないかもしれないが、山師に調べさせていたところ、鶴《つる》ヶ峰《みね》にわずかな銅鉱の露頭が見つかったというのだ。掘削をしてみないと埋蔵量は分からないが、たとえ僅《わず》かな量でも、領民にとっては潤《うるお》いになる。

さらに、荷船などの往来ができる掘割を充実させることで、作物を隣藩の湊《みなと》まで効率よく運ぶことができれば、物品のみならず、人の交流もできると説いた。

『さすれば殿、我が大鶴藩も少しは改善するのではないでしょうか』

『鉱山だの、運河だのと、気の遠くなる話じゃのう』

『それは、やむを得ません。しかし、先々、どうにかなるという確信があれば、領民も我慢のしようがあるのです。このままでは、まるで囚人のような暮らしではありませぬか』

『貴様は、余が、領民を囚人扱いしていると申すか』

気色ばんだ藩主は、はなはだ不機嫌な顔になって、

『さような話なら、家老の水澤を通せ。上役を超えての上申は御法度じゃ』

『水澤様には通せぬ事情があるゆえ、殿に直訴に及んだのでございます』

藩主は口元を不愉快に歪めたままで、控えろと命じたが、神崎は丁寧に書類を見せながら説明をして懸命に頼んだ。しかし、藩主はまったく聞く耳を持たず、

『立ち去れ！』

と癇癪《かんしゃく》を起こして脇息を投げつける始末であった。その一部始終を、側役の竹内は控えの間から聞いていた。

その後も、何度も藩主を訪ね、出先や茶会などにも、押しかけるようになった。だが、藩主は一向に相手にしないので、業を煮やした神崎は、

『人の悪口は嫌いでございまするが、藩領民のためでございます。正直に申し上げます。城代家老の水澤様は……』

村々の備蓄米を大坂蔵屋に売ったり、藩札でなんとか凌《しの》いでいるにも拘わらず、わずかな藩の財産を着服している節があると訴えた。

しかし、その事実を聞いても、藩主は城内の野点《のだて》茶碗を選ぶのに気を取られ、まともに話を聞こうとしない。

『殿！　なんとかおっしゃって下され！』

と思わず立ち上がったとき、弾みで並べてあった茶碗をひとつ、弾き飛ばして割ってしまった。

『き……貴様ア！』

激怒した藩主は、考える間もなく、咄嗟に脇差を抜き払い、神崎を脳天から叩き斬った。悲鳴を上げる暇もなく、神崎はその場に倒れ伏した。

その場にいたのは、藩主と神崎だけである。

だが、異変を感じて、野点用の段幕の中に飛び込んだ竹内は、血塗《まみ》れた脇差を握り締めたまま、

『こやつが悪いのじゃ……事もあろうに、余の一番大切にしていた茶碗を割りおって……いつもいつも下らぬ話をしに来ては、余に逆らった挙げ句、この様《ざま》じゃ！』

と狼狽《ろうばい》している藩主を見た。

すぐさま、近くにいた次席家老の三島唐兵衛も飛び込んで来て、神崎の脈や目を見たが、既に事切れていた。残虐な光景に、竹内は驚いて立ち尽くしていたが、多くの修羅場を潜り抜けてきた剣客でもあった三島は、

『殿。これは私がしたこと……理由はともかく、私が神崎を咎《とが》めてやったこと。よろしいですな！　竹内殿も、よろしいな！』

と自分の仕業にして、すぐさま藩を辞して逃げるという行為を企てたのだった。

そこまで話を聞いた佳代は、悲痛な面持ちで、消え入るような声で、

「そんな……あんまりではありませぬか……」

と責めるような目で竹内を見た。長年の苦労を切実に受け止めていた竹内は、甘んじて苦言を受けるつもりでいた。

「しかし、竹内様……」

と篤次郎は、よくぞ話してくれたという思いがありながらも、「どうして、三島唐兵衛……次席家老はそのようなことをしたのでございます。義父の命は助からなかったにしろ、他に手だてがあったのでは……」

「ならば篤次郎。おまえは殿に仇討ちをするというのか？」

「いえ、それは……」

「その野点の席には、折悪しく御公儀から大目付が訪ねて来ることになっていた。いくら藩主であろうとも、問答無用で家臣を斬り捨てたとなると、御公儀も調べ出すに違いあるまい。ましてや、茶碗ひとつのために逆上して斬ったと公になれば、乱心した藩主一人を〝押し籠め〟して済む話ではない」

「………」

「下手をすれば、御家断絶。大鶴藩は潰れてしまっていたであろう。そのことを瞬時にして思った三島殿は……」

自分が悪者になればよい。だから、決して口外してはならないと藩主に言い含め、

『ただし、条件があります』

『な、なんだ……』

『城代家老水澤の不正をきちんと暴いて、きちんと処分して下され。御役御免にまですることはありませぬ。半年程、謹慎させ、反省をすれば復職させてもよろしかろう』

『………』

『そして、側役の竹内殿を藩政の中心に据えて、勘定奉行の神崎が進めようとしていた鉱山開発や水運などの事業を、責任もって成し遂げるがよろしかろう。それが殿の御身のた

め、そして、藩のためなのです』

決然と言い含めた三島の言動に、

『わ、分かった……やる。必ずやる』

と約束をしたのであった。

その後、藩主は自らの態度も改め、竹内の采配によって、藩内の景気は上向きになり、新しい作物により領民の飢えも凌げ、少しずつではあるが、凶作の年があっても農民の暮らしは向上した。

「――それはすべて、神崎殿が残した藩再建の熱き思いを、藩臣と領民が力を合わせて実践したたまものであるのじゃよ」

竹内はそう言ったものの、辛《つら》そうに頭を垂れた。その間、生まれ故郷を離れ、仇を追い続けていた夫婦の年月が、まったくの無意味になるからだ。

だが、その時、正直に話してしまえば、すぐに〝殿乱心〟の噂は広まるであろうし、三島の狙い、すなわち神崎の志すらも無駄に消えてしまう。そう判断して、竹内は側役として藩主を監視しつつ、実行に移したのだった。

「……すまなかった……そなたたちの人生を狂わせてしまった……しかし、藩存続のためには、やむを得なかったのだ」

静かに時が流れた。いや、止まったままのようで、窓簾の外には風の音も竹樋に流れる水の音もしない。いつもなら、何処かから聞こえている三味太鼓の音もない。

すっかり高膳の料理も冷めてしまった。

「――私たちの十五年は、一体、何だったのでしょうねえ」

佳代は小さな唇から、ぽつりと洩らした。

「いい十五年だったではないか……」

と、すぐに篤次郎が返した。

「こんなに、いつも一緒にいて、強い絆《きずな》で結ばれた夫婦は、そうめったにないのではないかな……私はそう思う」

「…………」

「そして、私たちが必死に追いかけていたがために、藩の者たちは、三島様のとっさに仕組んだことを疑いもせず、藩の向上を成し遂げることができたのじゃないかな」

「そうでしょうか……」

「ああ。そうなのだ」

篤次郎はさぐるように佳代の手をつかむと、ぎゅうっと握り締めて、

「追うよりも、逃げていた三島様の方が辛かったのではないか……前向きなものなど、何

もなかったのだからな」

「そうかも、しれませんね」

「咲花堂さん……」

と篤次郎は綸太郎に向き直って、

「人も骨董も、歳月が値打ちを変えるとおっしゃいましたが……本当にそうかもしれませんね。分かる気がしました」

綸太郎は何も答えなかったが、竹内は何度も頷きながら、さあともう一度、銚子を差し出して、

「今更、藩に戻ってもつまらぬ。どうだ、篤次郎殿、私の元で学問をして、後を継いでくれぬかのう。佳代さんに支えて貰って」

と言いながら微笑んだ。


翌日も、咲花堂に三島が一人で訪ねて来た。

対応に出た峰吉は、さりげなく、

「すみません、お武家様。うちにはもう、茶碗の類があまりなくなりまして……」

慇懃《いんぎん》に断ろうとすると、三島は淡々とした態度で、

「いや、今日は買って貰いに来たのだ」

と茶碗を二つ三つ、裸のまま持ち込んできた。もちろん、今まで咲花堂から買っていったものである。

「う、売る……？」

「さよう。これから、芸者にちょっと入れ揚げようと思うてな」

「桃路のやつ、何を吹き込んだのや」

「なんだ？」

「いいえ、何でもありまへん」

と茶碗を手にして見たが、〝箱書き〟も〝添状〟もなくしているから、値打ちは半減している。

「そうどすな……これは、せいぜいが三分でしょうな……」

峰吉がそう鑑定していると、奥から出て来た綸太郎が横合いから茶碗を取り上げて、

「待ちなさい。この店の目利きは俺やないか。勝手に決めたらあかん」

とじっくり鋭い眼差しで眺めてから、

「三両二分でどうでしょう」

「何を言うてますのや、売り値より、高いやおまへんか……」

「時が経てば値打ちも変わろう」

「そんな、若旦那……！」

峰吉を押しやって、綸太郎は三島に金を渡した。

「かたじけない」

と大切そうに受け取った三島に、綸太郎はさりげなく尋ねた。

「茶碗ひとつのことで人生が狂うた。そやさかい、拘ってたのどすかな？」

「む……？」

三島は惚けたように首を傾げたが、

——遠い昔のことを強く忘れたい忘れたいと思う心労が、今のことまでも忘れさせるのかもしれぬ。

綸太郎はそう感じていた。

「いいえ、よろしいのや……待ってますさかい、明日も来て下さいまし」

「ああ、そうする」

いつものように武骨な態度で立ち去るのを見送ると、峰吉は急に大声をあげた。

「何を考えてますのや、若旦那！」

「なにがだ」

「差し引きしたら、大赤字やないですか。これから毎日……!?　冗談やありまへんで、ほんま、どないすんどす」

「まあ、ええやないか。また店にモノが並ぶのや。おまえが精出して、他の人に売ればええ話やないか」

　綸太郎は表に出ると、往来が激しくなった神楽坂から牛込見附の方を見下ろして、大きく背伸びをした。

　江戸城の櫓《やぐら》の上、青空高くを、とんびが輪を描いていた。

第三話　時の隠れ家

一

女房に先立たれると、残された男は魂が抜けたように腑《ふ》抜けになる。

よくそう言われるが、神楽坂浮世小路の絵双紙屋『たちばな』の主人・尚助《なおすけ》もそうだった。来る日も来る日も、自分と同じような老いさらばえた骨董を眺めて暮らすのが、唯一の楽しみになったのである。楽しみというより、ただただお迎えが来るまでの時を潰《つぶ》しているとしか、いいようがない風情だった。

立派な息子は二人いるのだが、奉公している店の勤めが忙しく、いずれも尚助には温かいとはいえなかった。二人とも女房子供がおり、自分たちのことで精一杯だったのだ。

近頃は商人の子供たちでも優秀な者は、旗本や御家人の推挙を得て、昌平坂《しょうへいざか》学問所に入れるということで、親たちは熱心に寺子屋に通わせていた。尚助の子供たちも例に漏れず、先生に渡す謝礼やら、推薦をしてもらうための裏金などが要るとのことで、親の面倒まで見られる状況ではないらしい。

「なんとも、味気ない世の中になってしまった。幾《いく》ら頭がよくて、名のある大店《おおだな》に奉公したところで、親兄弟のことも案じないような人でなしになるくらいなら、いない方がましだ」

と神楽坂『亀《かめ》の会』の老人たちは寄合を開くたびに、息子や嫁、孫達の悪口ばかりを言っている。もっとも、それが老人の楽しみなのだ。

「人様に悪口を言う元気があるくらいなら、まだまだ安心だ」

そう若衆たちは、自分たちに悪口雑言《あっこうぞうごん》の矛先《ほこさき》が向けられても、大目に見ている。

年寄りたちは町の知恵袋である。万が一、困った事態が生じれば、よい解決策を教えてくれるし、隣人同士の諍《いさか》いがあっても、うまく取りなしてくれる。『亀の会』で人の噂話に花が咲いているうちは、万端無事ということだ。会名の由来は、亀は万年という長寿で、寄り合うのが『亀ノ湯』という湯屋だからである。

尚助が絵双紙屋をはじめたのは、別に黄表紙やあぶな絵が好きだったからではない。かつては、腕のよい鋳掛《いかけ》屋として、穴が開いたり、へこんでしまった鍋や釜の修繕をしていたのである。

修繕といっても素人《しろうと》にできる仕事ではない。金物を扱うのには難しい知識や腕が必要で、鞴《ふいご》や火炉を担いで町中を歩き回り、その場で火を熾《おこ》して、錫《すず》や鉛などを溶かして直すのである。

「鍋、釜ア、いかけやあ！」

と大声を上げながら、路地という路地を歩いて行く。しかも、六尺より長い天秤棒《てんびん》だから、道具を担いで歩くだけでも大変な仕事だった。

それが、ある時、坂道を猛烈な勢いで突進して来た大八車にぶつかって、大怪我をしてしまった。幸い命に別状はなかったが、膝を悪くしただけではなく、利き腕も思うように使えなくなった。

そこで、亡くなった女房のお仙《せん》が始めたのが、『十九文店《じゅうくもんみせ》』。灰皿や煙管《キセル》、茶碗、急須などの日用雑貨から、駄菓子や子供の玩具など、そして簪《かんざし》や手鏡、化粧粉に至るまで様々なものを、〃十九文〃という均一の値で売る商売である。

「これは、お得《とく》……」

という語呂合わせで、十九文だったようだが、二八蕎麦《そば》が十六文ということを考えると、日用雑貨をその値で買えるのなら安いものであった。

しかし、日用品を扱う商売は案外、手間と労力ばかりがかかって利益が出にくい。子供たちもまだ育ち盛りだったから、なかなか目も離せない。だから、絵双紙だけに専念したのである。

「絵双紙は、腐らねえからな」

という単純な理由であった。場所が浮世小路で、芸者連れの男客や近くに出合茶屋があったせいか、売れ行きは上々だった。

まさに夫唱婦随で長年、商いをしてきたのだが、息子たちにも孫にも恵まれ、これからようやく、ゆっくり湯治《とうじ》にでも行こうかというときにお仙はぽっくり逝《い》ってしまった。

「早く迎えに来てくれ、お仙……」

若い頃には、嫁に欲しいと引く手数多《あまた》の器量好しの女だったのを、尚助が一緒になってくれなければ清水《きよみず》の舞台から飛び降りて死ぬと熱烈な求婚をして、一緒になったのである。まさに恋女房の死に、尚助は廃人同然になってしまっていた。

「――たちばなさん……尚助さんや」

と声をかけられて、尚助は我《われ》に返ったように、生まれつきのギョロ目で振り返った。

神楽坂咲花堂の格子戸が開いて、峰吉が呼びかけていたのだ。尚助は一人でぶらぶらと歩いていたのだが、どうやら、自分でも何処をどう回って来たか、ぼんやりしていたようだった。

初老の峰吉から見れば、十歳程年上であろう。だが、尚助の方は、物腰が年寄り臭い峰吉のことを同じ歳ぐらいの老人だと思っていた。もっとも尚助もまだまだ老いさらばえる歳ではない。妻を亡くしたことから、気持ちだけが、萎《な》えているようだった。

「尚助さん。新しい高麗《こうらい》モノが入りましたえ」

「へえ。李朝《りちょう》もよろしいが、やはり尚助さんのお目は高い。ほんまの〝通〟はやはり高麗でんなあ。ささ、寄っとくれやす」

と遣《や》り手婆《ばばあ》のような揉み手で招き入れた。

間口わずか二間半の奥行きもさほどない小さな店だが、ひととき浮き世を忘れられる境地に入ったような気がする。刀剣はわずか数本、掛け軸や屏風《びょうぶ》の類も少なくして、ほとんどやきもの、しかも青磁がずらりと並べられている。

瓶、壺、水注《みずさし》、乳鉢、香炉、油壺、虎子《こし》、筆架、水滴など様々な形態のやきものが、丁寧に陳列されている。いずれも、独特の青みや緑がかった色合いで、見る者の胸を高鳴らせる気品がある。

尚助は陰鬱な気持ちなんぞ吹き飛んだように、目を輝かせて、

「これはこれは……すばらしいものですなあ……いやあ、たまらん」

と深い溜息をついた。

「陶器を見れば、その作られた時代が分かると言います。穏やかな時代には、なめらかで繊細なものが作られますが、乱世だとどうしても粗い肌になって、その分、派手で華美なものになってしまうのどす」

「そうみたいですな」

「尚助さんには、これなんぞ、どうでしょ」

峰吉は小さな水注を差し出した。キラリと光った尚助の目は、大好きな玩具でも見つけた子供のように、その水注をじっと見つめていた。

胴部には柳と蘆《あし》を紋様としてあしらって、それぞれが素朴に絡み合っているのが巧みである。青磁というのは、ある一定の鉄分を含む釉薬によって生み出される色合いの陶器である。鉄分が多すぎると褐色になってゆく。高麗青磁における最も美しい色は、

――翡色《ひしょく》。

だと言われている。

この色合いであれば、取り立てて紋様を施すこともないのだが、この水注は、翡色でありながら、金彩といって青磁の上に金を焼きつけてある。

金襴《きんらん》と同じ手法らしいが、高麗モノの中では極めて珍しいものである。しかも、注《そそ》ぎ口は竜の頭の彫刻になっており、その複雑な造形は〝絶品〟としか言いようがなかった。

「高麗朝でも高宗《こうそう》の時代のものやと思われるのですがな、この頃は、浅く彫った陰刻、盛り上がらせた陽刻、素地の上に紋様を描いた辰砂《しんしゃ》、泥漿《でいしょう》を塗ってさらに削って絵を描いた鉄彩手など色々な手法が編み出された頃どす」

「…………」

「ほら、よう見とくれやす……こんな水注が寝間に置いてあったら、夜中に喉が渇いても、ええ夢見られまっせ」

峰吉は調子の良いことを言っただけだが、尚助の方が、すっかり高麗水注に惚れ込んでしまったようだった。

「しかし、高いでしょうな」

「そりゃ高麗でっさかいな……そやけど尚助さんやから……」

香典代わりに安くしときます、と言いかけたがやめた。金払いはいい尚助だが、まともに買えば、十数両は下らぬ逸品だ。庶民が払えるものではなく、普段使いできるものでもない。数寄者《すきしゃ》の身分の高い武家か大店の主人や番頭ならば手を出せるだろうが、尚助に買えるものではない。

峰吉は目の保養に見せてやりたかっただけである。しかし、尚助は喉から手が出そうなほどのギラついた顔になって、

「さ、咲花堂さん……これ、貸してくれないか」

「貸して？」

「一晩、ああ、一晩だけでいいんだ。こんなもの、私が買えるはずがないのは、峰吉さ

ん、あなたが一番、よく知ってるはずだ」

「そりゃ、まあ……」

「お願いだ。カミさんの仏前に置いて供養してやりたいんだ」

「供養て……奥さんは別にやきもの好きってわけじゃなかったでしょうに」

「お願いです。どうか一晩だけ、楽しませて下さい。ええ、只とは言いません。借り賃だったら幾ばくか払います。ですから……」

別に借り賃まで貰おうとは思わない。峰吉にしては珍しく気前よく、店に呼び込んだ手前もあって、承諾せざるを得なかった。

「そやけど、これは売り物やさかい。扱いに気をつけて下されや」

「ええ、それはもう……」

実に嬉しそうに尚助は大切そうに、孵《かえ》ったばかりの雛《ひな》でも掌に包むようにした。

「あ、そうや、尚助さん。この竜の水注はな、『時の器』と呼ばれてたそうや。底にも、そないかかれてある」

「時の……？」

「ああ。あなたもよく知ってのとおり、竜は明国《みん》では……この水注ができた当時は、南宋やと思いますが……竜は皇帝よりも偉い存在で、いわば森羅万象を司《つかさど》る天子様の使いやと伝えられております」

「…………」

「その竜は、天、地、人……そして、時を操ることができるというのです」

尚助はじっと惹きつけられるように器を見ながら聞いていたが、おやっと水注を振ってみせた。

「何か、中に入っているようだが……」

ゆっくり振ると、チャポチャポと水が入っているような音がするし、感覚もある。しかし、傾けてみても中から水が出て来ることはない。

「ああ、それは、水注の底を重くして均衡を取り、倒れにくくしている工夫やそうですわ。でも、気をつけておくれやす。その中の水か何か……それを口にすると、若返る、という言い伝えがあるのどす」

「若返る？」

「はい。若者になるとか——ま、そんなことがあるわけはないが、何かの毒かもしれまへんさかいな。気をつけてや」

「それは、もう……」

大切にする。一晩だけのいい思い出にすると言って、丁寧に頭を下げると、尚助はおもむろに咲花堂を後にした。

二

その三日程後の昼下がりのことだった。

綸太郎が自ら、店先に水を撒《ま》いて、お清めの塩を少しだけ盛ったとき、

「若旦那。今日は天気がよいですなあ」

と声をかけられた。

振り返ると、そこに背筋をキリッと伸ばした男が立っていた。年寄り臭い井桁模様の羽織に、上物だが渋柿色の年輩好みの帯を締めている。

「――どなたさんでしたかな？」

綸太郎が丁重に向き直って腰を落とすと、相手は何も答えずに、

「番頭さんはおいでですか」

と尋ねた。峰吉を訪ねて来るような年格好ではない。

「峰吉になにか？」

「はい……ちょっとお話が」

「どういう話でしょうか。私のことを主人と知っといでやしたら、話を伺いますが」

「あ、いえ……直《じか》に話したいことがありまして参りました」

「そうどすか……」

若者の割には丁寧な口のきき方だと、綸太郎は心地よく思っていた。

「峰吉は今、所用で出かけてましてな」

「どちらへ」

「矢来あたりの近所の得意先を回ってから、松嶋屋さん、それから軽子《かるこ》坂の出雲《いずも》屋さん、その後で浮世小路の絵双紙屋たちばなさんに立ち寄ると思います」

「たちばな……あ、そうですか？」

と不思議そうな顔をしたが、綸太郎にもう一度、丁寧に挨拶をしてから、

「では、そちらに行ってみます」

「すぐに帰ると思うさかい、待っていた方が、よろしいかと」

「お気遣いありがとうございます」

若者はさらに腰を折ったかと思うと、そそくさと神楽坂を登って、すぐに脇道に逸れた。手には大切そうな風呂敷包みを抱えていた。それが気になった綸太郎だが、思いもつかない来客だった。

若造は複雑に入り組んでいる路地を慣れた足取りで抜けて、月見坂、花見坂、雪見坂などを通って浮世小路に入った。

傘をさせば擦れ違うのが難しいくらいの細道である。

絵双紙屋たちばなは、売り物が日焼けしないように、縁台に大暖簾《のれん》を被せるように垂らしている。

路地に立ったままで、二、三人の客が手にとって黄表紙などを見ており、少し奥まった所では、艶本を物欲しそうに見ている女客もいた。若造が中に入ると、なんだかバツが悪そうに外へ出て行った。

帳場の所に、ぽつんと座っていたのは、峰吉だった。訪ねて来たのはいいが、店の主がいないので、不用心だなと心配して、代わりに店番をしていたのである。

「おいでやす……」

と峰吉が声をかけると、若造は唐突に、

「峰吉さん。こんな所で何をしてるんです」

「はあ?」

「いやあ、咲花堂まで行ってたンですよ。そしたら出先だと若旦那に聞きましてね。はは、すみませんな、店番なんかさせて。でも、この辺りには盗《と》って行く者なんかいませんよ」

「あの……あんた、どなたどす？」

峰吉はまじまじと若造の顔から爪先まで、舐《な》めるように眺めた。何処かで会った覚えはないし、親しげに話される年頃でもない。どう見ても、自分の息子か、下手すれば孫くらいの幼顔である。

「ふふ……ふはは……ハハハハ」

若造はしだいに腹の底から捻《ひね》り出すような笑い声を立てて、

「分かりませぬか、峰吉さん。私ですよ、この絵双紙たちばなの主、尚助でございますよ。ほら、よく見て下され。この吃驚《びっくり》したようなギョロ目、ちょいとばかしの団子鼻……ほれ、どうです？」

と顔を突き出した。峰吉は新手の陰間商売で近づいて来たのかと思って、少しばかり警戒した。

陰間とは男色のことをいう。戦国時代以前、戦地に赴いた武士の間で盛んに行われていたが、泰平の世にあっては、遊女と同じように玄人《くろうと》もいて、結構、繁盛していた。陰間とは元々はまだ板を踏む前の子供の歌舞伎役者のことらしい。

「そういや、芳町《よしちょう》に鋳掛屋の商いで出かけたときは、売り声を出しにくかったと、尚助さんは思い出話をしていたなア」

と峰吉は思い出した。

芳町をはじめ、湯島天神《ゆしまてんじん》町、木挽《こびき》町、市《いち》ヶ谷《や》八幡《はちまん》前などは、男色だけが利用する陰間茶屋が沢山あった。だから、「鍋、釜ア、いかけやあ！」と大声を張るのに憚《はばか》られたという笑い話だ。

「すんまへんな。私は咲花堂の番頭で、たまたま主人が留守やから、待ってただけでしてな。それに男にはその……ないのどす。お兄さん、そういう本が好きやったら、中に入って勝手に探しなはれ」

「ふふ。分からないのも無理はない」

と若造は峰吉の手を取って、人目憚らず、店の奥へ連れ込んだ。

「これ、待ちなさい……これ、あきまへん。なんや見かけによらず強い力や……あかんて、放しなはれ」

困惑した声を洩らす峰吉と、それを強引に誘う若造の姿を見て、絵双紙を求めに来ていた客たちは、

――あんな爺さんを相手にかよ。

と気色悪そうな侮蔑《ぶべつ》の目を向けて店から飛び出して行った。

座敷に座らされた峰吉は、勘弁してくれと泣き出しそうな顔になっていた。

しかし、逃げようとする峰吉の肩をぐっと押さえた尚助は、

「驚かないで、聞いてくれ……峰吉さんの言ったとおり、あの水注はまさしく『時の器』でした」

「?……」

「あの水注の中の水を吸ったら、ほら、こんな姿に！　どうです、どっからどう見ても二十歳前の若者でしょ!?」

「…………」

「ね、私には見えないでしょ。若返ったんです。本当に若くなったんですよ！」

峰吉はポカンと口を開けて聞いていたが、しだいにムカッ腹が立ってきた。ハハンそういうことかと自分で納得したように膝を叩くと、俄に怒った顔になって、

「言うに事欠いて、つまらぬ戯《ざ》れ事を！　ええどすか、若造はん。今すぐ、尚助さんの居所を教えなはれ」

「ですから、ここに……」

「黙らっしゃい。なんの、悪戯《てんご》どす？　ええどすか。私はあの高麗青磁を貸しただけで

す。一晩だけでいい。カミさんの仏前に置いて眺めるだけやというから、貸して差し上げたんどす。なのに黙ったまま三日も返しに来ないと思ったら、あんたみたいな若造を使って、私をからかいよる。どうせ、どこぞに持ち逃げしたか、割ってしもうたかして、どうすればよいか困っておるのでしょう。あるいは、そのままネコババする気かもしれへんが、そうは問屋が卸しまへんッ」

と峰吉も喋《しゃべ》りながら、自分の声に興奮したのか、苛立ちを覚えてきた。

「まあまあ、だから峰吉さん。この私も信じられないんだ」

若造はそう窘《たしな》めるように言ってから、傍らに置いていた風呂敷包みを開けて、

「ご覧のとおり『時の器』なら、ここにあります。ネコババなんて、とんでもない。峰吉さんにも教えようと思って、店まで訪ねて行ったところなんです」

と真顔で言うので、峰吉はぞっと背筋が震えた。だが、目の前に差し出された水注は、たしかに先日、峰吉自身が尚助に渡した高麗青磁である。竜頭の注ぎ口や金彩を克明に見るまでもなく、まさに『時の器』である。

啞然と振り向く峰吉に、若造はしんみりと語った。

「信じられないのは、私の方ですよ……これをお借りした晩のことです」

尚助はあまりにも嬉しくて、一緒に風呂に入ったという。体が弱いので内湯があって、

ぬるめの湯を張って長湯をしていたのだが、しばらくすると竜の口から、紫色の煙が出てきたという。

「おそらく、湯で温まって、この水注の底に封じ込められているという水気が、蒸発でもしたんでしょうな。私は、綺麗だなあ、と思ってぼんやり眺めてました」

「……………」

「そしたら、そのうち眠たくなりましてな、気がついたら、湯船の湯が冷めてしまうくらいまで寝てたんです」

その間に無意識に、水注は割ってはならないと気をつけたのであろうか、飾り棚の上に戻していたという。風邪をひいてはいけないので慌てて湯から上がり、体が冷えてはいけないので燗酒《かんざけ》を少し飲んだ。そしたら、また眠たくなって、気がついたら朝だった。

その朝、顔を洗って、何気なく鏡の中の顔を見ると、自分ではない男が映っている。女房が使っていた鏡で、いつも丁寧に拭いていたから、ほとんど曇りのない美しい鏡だった。その中に、なんと若者がいるではないか。

「でも、その顔には覚えがあったんです……はい。私です。若い頃の私なんですよ」

興奮気味の若造を見て、峰吉は、

——頭がおかしい奴や。

と、その場から逃げ出したくなった。その様子を察してか、若造は峰吉にすがりつくように腕を摑んで、

「本当なんだ。本当なんですよ、峰吉さん……私、驚いて、手や足を見たが、ほら、この通りスベスベで艶々してて……私、恐くなって、すぐさま京橋《きょうばし》に住んでいる息子の所まで走って行きました」

「走って……」

「はい。もう膝も腰も痛いどころか、軽々と駆け出すことができるんですよ。そして、謙吉《けんきち》……私の息子です……に、『どうしよう、わし、若返ってしまった。どうしよう、どうしよう』と助けを求めたら……」

妙な奴が絡んで来たと思ったのであろう、撮《つま》み出された上に殴られそうになった。だから、とっさに昔取った杵柄《きねづか》の柔術で投げ倒したら、たまたま通りかかった北町同心の内海弦三郎に捕まりそうになった。

「別に悪いことをした訳ではないが、なんだか恐くなって、とにかく逃げた。そして、家に閉じこもったまま息を潜めてたのだが、一向に年寄りに戻る気配がない……私、本当に恐くなって、どうしようかと思っていたのですが……」

「ですが？」

「考えてみたら、気分はスッキリしているし、体は軽い、筋力もあるし元気もある。こんなよいことはない。だから、峰吉さん、あなたにも教えてあげようと思って……」

懸命に真実を知って欲しそうに語る若造の顔を見ていて、峰吉もしだいに冷静さを取り戻してきた。

現物の『時の器』は目の前にある。俄に信じた訳ではないが、尚助が袖を上げて見せてくれた腕には、子供の頃に負ったという火傷《やけど》の痕《あと》がある。

――これは嘘だ。出鱈目《でたらめ》だ、と決めつけるのもどうやろ。

と峰吉は思い直して、若造に対して、尚助のことや亡くなった女房のことなどを尋ねてみた。そして、まだ短い付き合いではあるが、峰吉と一緒に訪ねた料理屋だの釣り場、なにより好きな骨董について話しているうちに、

――こいつ、ホンマに尚助かもしれへん。

と確信してきた。

「ですから、峰吉さん……この『時の器』の効能、あなたも確かめてみたらどうか……私、そう思って……」

水注を返しにいったというのだ。峰吉は高麗青磁をまじまじと見つめた。

「そうか……この水注の謂れは、ほんまやったのや……はは、ほんまか……なるほど、若

返ることがでけんのか……」

峰吉の顔にも、妙な欲望の色がじわじわと浮かび上がってきた。

三

「おい、誰や。こんな所で寝てンのは」

と叩き起こされた峰吉は、目の前に慄然《りつぜん》と立っている綸太郎の姿を見上げた。

咲花堂店内の帳場の文机《ふづくえ》にもたれかかって、うたた寝をしていた峰吉は、いきなり襟首を摑まれて、

「こんな所で何をしてんのや」

と正座をさせられた。

「は？」

峰吉は一瞬、ぼうっとしていたが、「あ、すんまへん。申し訳ありまへん。つい、うとうとと……早速、今日の仕入れ先に出向いて回って来ますわ」

「何をしてると訊いてるのや」

と綸太郎にそのがっしりした腕で肩を押さえつけられたとき、いつもの感覚と違うと思

った。踏ん張りがきくとでも言おうか。背中や腰に力が漲るのを感じた。

その次の瞬間、峰吉は、昨日の尚助の話を思い出した。『時の器』を返して貰って、ゆうべ、同じように内湯に水注と一緒に入って試してみたのだ。

「ふはは。はは、そういうことか⁉」

と察した峰吉は、すぐ奥の部屋に行って、手鏡を見てみた。

「わッ……うわあ！ ほんまや！ こりゃケッサクや、ほんまやがなあ！」

小躍りする峰吉を見て、綸太郎もさすがに気味悪げに少し離れて眺めていた。

「若旦那。わてどす。分かりまへんか？ 峰吉どす……」

と傍らに置いてある高麗青磁の水注を見せて、「これどす。『時の器』で若返ったんどす。驚き桃の木でっしゃろ。でも、これが笑わずにいられましょうや」

綸太郎は唖然と見ている。

「どないです。こんな話があってよろしいのでしょうか！ ほんでも、高麗から伝わったこの青磁、昔から曰《いわ》くがあるという話やが、ホンマだったんでんな。まるで幻術や」

「峰吉……？」

と綸太郎は一瞬だけ驚いたものの、あっさりとそう答えた。骨董には色々な魔物が棲《す》んでいて、人智ではおよびもつかぬことを、綸太郎は様々な経験を通して知っていたからだ。

たとえば妖刀である。それを手にした者が、何の理由もなく人を斬りたくなったり、自滅に追い込んだりする。

鏡もそうだ。鏡に鏡を映して、延々と鏡の中を映し続けると、それに関わった者は死んでしまうという話もある。揃うべき皿が揃っていないと不幸が訪れるだの、怨念を込めた掛け軸は悪霊を呼び寄せるとか、不思議なことは数多《あまた》ある。

「そうか……これが『時の器』の力か」

綸太郎は淡々と現実を受け止めたように峰吉を見ていたが、ぽつりと言った。

「若返ったのはええけどな、峰吉……これは竜宮城へ行って帰った男と同じや……夢から覚めたら、あっという間に白髪の老人になる」

「えっ……」

「つまりは寿命を縮《ちぢ》めるということや」

「そ、そんな……それを先に教えといて下さいや」

「まさか、本当に効能があるとは俺も思うてなかったさかいな。それと……」

「そ、それと？」

不安な顔になるスベスベ顔の峰吉に、綸太郎は丁寧に諭《さと》すように、

「白髪老人になりたくなければ、若いままでいるしかない」

「そうや。ええこといいますな」

「直《ただ》ちに老人になりたくなければ、この三つを守らなければならん」

「——みっつ？」

「ひとつは、煙草を吸わぬこと。ふたつめは、酒を飲まぬこと。そして、みっつめは、女と交わってはならぬこと」

綸太郎がゆっくりと言うと、峰吉は口の中で繰り返し、声を裏返してへたり込んだ。

「そ、そんなアホな……」

「阿呆な話は、おまえがそんなマズいものを吸い込んだからや」

と綸太郎は『時の器』が持っている魔力の事情を深く知っている口調で、「ええな、きちんと守らなければ、戻った途端、白い煙に覆われてしまうぞ」

「………」

峰吉はしばらく落ち込んでいたが、「そうか。逆に言えば若旦那、その〝掟《おきて》〟に従ってさえいれば、若いまんまでいられるってことですね」

「まんまかどうかは知らんけどな」

「ハハ。しっかし、今は若旦那より、私の方がどう見ても若い」

と実に嬉しそうに微笑《ほほえ》んで、夢ではないのかとパシッと頬を叩いてから、

「どうか、お暇《ひま》を頂きとうございます。考えてみれば三十余年、私は粉骨砕身、咲花堂のためだけに働いて来ました。お父上の雅泉様に目をかけて貰って、随分とお世話になりました。しかし、その分、なんとか恩返しせねばならんと思うて、寸暇を惜しんで、咲花堂一筋、頑張ってきたつもりどす。そやさかい……という訳ではありまへんが、これを機に心機一転、自分のために、自分の好きなように、生まれ変わったつもりで暮らしてみとうなりました」

「おいおい……」

「いいえ。止めても無駄どす。私、こう見えても結構、頑固ですさかい、引き止めてくれても無駄どす。長い間、ほんまにありがとうございました」

峰吉は慇懃無礼なほど丁寧に挨拶を済ますと、長年、溜めていた金を掻《か》き集めて、

「暖簾分けをしてくれるために積み立てて下さっていたお金も欲しゅうございますが、それは改めて、若旦那から京の本家にお伝え願えますやろか。どうぞ、よろしくお願いいたします」

と自分の都合のよいことばかりを言って、着物や持ち物などを幾つか風呂敷に包んで、何の未練もなさそうに出て行った。

――よほど我慢してたのやな……俺は嫌われてたちゅうことか。

綸太郎は溜息をついたが、今のところは黙って見守っているしかなかった。

その足で、絵双紙屋たちばなに来た峰吉は、尚助と嬉しそうに肩を叩き合って、

「若旦那も吃驚《びっくり》してはった。きっと狐につままれたような心地やったのやろう」

とピョンピョンと跳ねてみせた。

「若いということは、軽いということでんなあ、尚助さんや」

「そうだな、峰吉さん」

「早速、と言ってはなんだが、前祝いに飯でも食べに行きますか」

「何の前祝いです？」

「なんでもええがな。そやな新しい船出の前祝いや」

峰吉と尚助はまるで竹馬の友のように肩を組んで、浮世小路から螢坂《ほたるざか》の方へ向かい、何度か曲がった路地の先にある、『帆掛《ほか》け』という料理茶屋に入った。

「前から一度、来てみたかったのや」

この店は料理茶屋とはいっても、近頃の若い衆だけが集まる賑《にぎ》やかな店である。

藍染めの暖簾に、帆掛け船を白抜きしていて、入口一面に垂らしてあり、表からは店内

が覗けない。帆掛け船は、七福神が乗るから目出度《めでた》いという意味合いもあるが、男女が交わるという隠語としても使われていた。

元々は芸者衆が座敷帰りに立ち寄っていた料理屋だったのだが、それ目当てに集まる若い大工や職人などによって、守《も》り立てられていた。小粋で風流な旦那衆が集まる気取った店と違って、料理もほとんどが漁師料理のようなザックリとしたものが多く、それがまた若い衆には人気だった。

まだ朝っぱらだというのに、座敷には数人の若い男と女が犬のようにじゃれ合いながら、飲み食いしている。その片隅の席に、峰吉と尚助は通された。

「お二人とも、まだまだ若いですねえ」

年輩の女中に言われて、峰吉は少々、照れたが、

「こんな近くに、賑やかな店があるとはな。噂には聞いてたが、朝っぱらから、なんや恐い感じがするなあ」

と腰を引きながら言うと、

「あら、上方からですか？」

と女中が少し懐かしそうな大坂訛《なまり》でそう訊いた。

「お姐《ねえ》さんもかい？」

「十くらいまで、おりました」

「ほう……だったら、江戸に来て、まだ七、八年ちゅうとこかいな」

「あらら、兄さん、お上手やわあ。せいぜい楽しんでって下さいね」

と中年女中は冗談を真に受けたような笑顔で、酒とシビ鮪《まぐろ》の漬《づ》けをすぐに持って来るからと立ち去った。

「姐さん、燗はいい。冷やで頼むよ、冷やで」

煙管に葉を詰めながら、尚助がそう声をかけたとき、峰吉は声をひそめて、

「あ、そうやった尚助どん。酒はあかん、酒は」

「どういうことだ。別にいいじゃねえか、本当の子供じゃあるまいし」

「そうやない。実は……」

禁止されている三つの事柄について、峰吉が説明すると、尚助は信じられないという顔つきになって、

「なに⁉ それじゃ若返った甲斐《かい》がないじゃないか。酒は飲めない、煙草もだめ、女も抱けないでは……もう！」

禁欲を強いられるだけではないかと、尚助は落胆した。

「なんや……つい先日までは、カミさんを亡くした哀しみのどん底にいたくせに」

「それはそうじゃが、そんな我慢しなければならないことが沢山あるなら……」

いっそのこと、旨《うま》い酒を飲みながら、ええ女を抱いて元に戻ってもよいと、自棄《やけ》のようなことを言い出す。そんな尚助に峰吉は、早まるなと制した。もっと歳を取って、ヨボヨボの白髪老人になるだけだからである。

「元々、年寄りだしな。今更、もうどうなってもいい。そうだ、そうだ。こんな店でクダを巻いてるときじゃない」

と居ても立ってもいられない様子で立ち上がって出て行った。思わず峰吉も追う。

そんな姿を、一人の娘がじっと見つめていた。

四

二人は神楽坂から牛込御門の方に下り、そのまま外堀に沿って神田に抜け、両国橋西詰界隈《かいわい》まで足を伸ばしてきた。

江戸で一番の賑わいを見せている所で、芝居小屋、軽業などの見世物小屋、お化け屋敷、女義太夫、料理屋、矢場などに、朝夕関わりなく、大勢の人々が押し寄せている。

もっとも昼間は仕事をしている人間がほとんどだ。朝っぱらから来ているのは、道楽者か金持ちの奥方くらいしかいないが、町並みがキラキラして見えるのは、自分たちの体が若くなったからであろうか。

「こんな所にいい若い者がと思われるだろうが、いいじゃねえか。俺たちゃ散々、苦労して来たんだ。日がな一日、遊んだところでバチは当たりゃしねえだろうよ」

と尚助は長年、自由に動かなかった体を、ここぞとばかりに使うようにはしゃいで、様々な店に出入りした。峰吉は昔から、芝居だの落語だのを楽しむ性質《たち》ではなかったが、仕事のことを一切気にせずに、遊び呆《ほう》けたのは、人生で初めてのことだった。

「のう、峰吉さんや。私たちは若い頃から、働いて働いて、休みもせず、好きなこともしないでコツコツ働いてきた。それが当たり前じゃった」

「そうどすな」

「文化文政《ぶんかぶんせい》の世の中になって、料理茶屋だの芝居小屋だのが増えて、大した天災もなく、平穏無事に暮らせるようになったのはよいことじゃが、天明《てんめい》の頃は大飢饉《ききん》が続いて、そりゃ大変も大変じゃった」

「へえ。松平定信《まつだいらさだのぶ》様が老中様におなりになって、あれこれ手を尽くしましたが、全てがよくなった訳じゃない……昔の田沼《たぬま》今は恋しき、などと揶揄《やゆ》されましたしなあ」

「そうでした、そうでした……」

二人は茶店の店先に座って、年寄り臭い話をしながら、赤前掛けの娘をちらちら見ていた。茶店の看板娘であろうか、誰にでも愛想のよい笑みを投げかけて、実に軽やかに働いている。

ずずっと茶を飲んでから、尚助は気恥ずかしげな顔になって小声で言った。

「だめだ、峰吉さん……わしゃ、しとうなった……」

「あきまへん、あきまへん。辛抱我慢。でないと寿命が縮まりまっせ」

「本当に残酷なことだ……これでは、本当に……」

若返った意味がないと、またまた愚痴を洩らしていると、

「お二人さん。何してるの？」

と通りから、若い娘が声をかけてきた。『帆掛け』から尾けて来ていた娘で、仙と名乗った。

「お仙ちゃん、かい……なんと、わしのカミさんと同じ名じゃ」

と尚助が言うと、お仙はえっという顔になって、

「おかみさんがいるんですか」

「ああ。去年の暮れに先立たれてな……あいや、嘘。わしゃ、いや、お、俺はまだ独り者だ。娘さん、どうして俺たちに声を？」

「よかったら、付き合ってくれない？　私も退屈しててね」

「退屈……その若さで」

「あら。私みたいなのが遊んで暮らせるってのは、泰平の世ってことじゃない？」

「いや、しかし、今の泰平は俺たちがコッコッと……」

と言いかけた尚助の袖を、峰吉はぐいと引っ張って耳元に囁《ささや》いた。

「よせよせ。わてらは若いのやさかい、そんな話をしちゃ、おかしいやろ」

「あ、そうか」

「えらい別嬪《べっぴん》さんやないか。向こうから誘うてるのや、相手してみたらどうや。そやけど、あっちの方はアカンで、〝あっち〟は」

と殊更《ことさら》、交わってはならぬと強調した。が、峰吉にそう言われると、名も同じせいか、若い頃の女房と少し似ていると思って、尚助はしみじみと娘を見つめた。

女の方から声をかけてきた割には、うぶに見える。ほんのりと薄化粧に潰し島田《しまだ》は、どこにでもいる娘だが、少しだけ着物を着崩して、大昔に流行《はや》った吉弥《きちや》結びにしている。動くたびに、垂れた帯の手先が優雅に揺れて、男心をくすぐった。

「峰吉さん。ここで別れよう」

「――は？」

「今、あんたが相手しろって言ったじゃねえか。ねえ、お仙ちゃん。おいら、こう見えても、腕のいい鋳掛屋だった……鋳掛屋なんだ。壊れた鍋や薬缶《やかん》の穴も塞ぐが、娘さんの心の隙間も埋めてやろうってもんだ」

「おいおい……」

「いいから、峰吉さんはすっ込んでな」

「なんだか随分、乱暴な口調になってきはりましたな」

「こちとら、江戸ッ子でえ。ぬちゃぬちゃ話す奴は、でえ嫌いなんだよ。サッ、こんな奴はほっといて、俺とシッポリといきやしょうぜ。さあさあ」

と尚助が急に態度を変えて手を差し伸べると、お仙は少しはにかんだように微笑んで、素直に握り返した。

「近頃の娘は、〝おきゃん〟というらしいが、あんたも、そうなのだねえ」

尚助はまた年寄り臭いことを言ってから、口をつぐんで、そのまま橋の方へ軽やかに駆けて行った。

「おい……私はどないすれば……」

煎茶の入った茶碗を持ったまま、峰吉は羨《うらや》ましそうに二人を見送っていた。

「若いということは切ないのう……いやいや、もう一度、人生をやり直せるのや。遊ぶことばかり考えたらあかん、あかん」

両国の盛り場は橋を挟んで東西に跨《また》がっていたが、東詰の方は西詰に比べて、やや物静かな雰囲気があった。居合抜きや独楽回《こま》しなどの大道芸は西詰に集中していて、東の方は少し淫靡《いんび》な風が漂っていた。

高台の上の太夫姿の若い女が、裾を捲《まく》って開いたり閉じたりする。それを目がけて棒を持った客が、

「それ突け、やれ突け。上見て下見て八文は安い」

などと囃《はや》し立てる木戸番の男衆の声に合わせて遊ぶ遊戯である。女は巧みにかわしたり、腰を振ったりしているが、笑わずに火吹きのような竹で吹き当てたら、なにがしかの商品が貰える。

それに並行するように水茶屋も連なっていて、うなじを露出した化粧が濃いめの茶汲み女が、休んでらっしゃいと目顔で誘っている。総じて美人ばかりが揃っているので、遊客たちは、〝やれ突け姐さん〟の卑猥《ひわい》な姿を見たりすると、どういう心理か水茶屋に流れる。

西詰の茶屋のように本当に茶だけを飲ませる店は珍しく、ちょっとした料理に酒を出す所が多かった。もちろん茶汲み女が酌婦代わりで、三味線や小唄で楽しませてくれる趣向

の店もあった。

　茶屋娘には大概、旦那がついている。タチの悪いのは、ただのヒモである。しかし、そういう男についている女は〝けころ〟と呼ばれるチョンの間女郎と同じで、金で寝る者も多かった。そんな雰囲気が、どこか性的な快楽と結びついて、町並みにも染み込んでいたのであろう。

　不忍池《しのばずのいけ》の畔《ほとり》ほどではないが、裏通りには出合茶屋が並んでおり、大川に面している部屋や、座敷から直に小舟を流し出す船宿のような設《しつら》えもあった。

　大川河畔には幕府の米蔵が並んでいる。この船着場には松が植えられていて、しかも蔵の壁と川しかないから、昼間も人目につかない。いつからか、ここへ船宿から出た屋根船をつけて逢い引きをするのが、訳ありの男女の常套《じょうとう》手段となった。

　尚助とお仙は訳あり、というほどではないが、周りから見ればまっとうには見えない。船頭は気を利かせて煙草を買いに出る。後は何をするか承知しているからである。もちろん、船の中には一組の布団が敷いてある。

　お仙はまるで初めから誘う気があったようで、さりげなく横になって、

「なんだか背中が痛くなっちゃった。さすってくれないかい？」

と尚助の手を摑んで、痛いというところにあてがった。船の揺れと、ちゃぽちゃぽと船

底が波に当たる音しか聞こえない。まさに江戸の中の別天地であった。

お仙は恥ずかしがる様子もなく、尚助の手をぐいと摑むと着物の裾から〝傘袋〟に近づけるのである。

——傘袋横を向き嫁はめるなり。

という川柳があるが、少し体を横にひねって、傘をすぼめる女の仕草というものは色っぽいものだ。傘袋とは秘所の陰名である。

「当世の娘とは……こんなふしだらなものなのかねえ……絵双紙の中にもないで」

尚助は心の中で呟いたが、しだいに己の欲情を抑えることができなくなった。

「絵双紙？」

「ああ、俺は、たちばなという絵双紙屋を神楽坂で……あ、いや」

と口をつぐんだ尚助は心の中で、

「まあいいか。この娘といい仲になって、元の老人に戻っても、またあの『時の器』を使って若返れば……」

などと不埒《ふらち》なことを考えていた。

五

咲花堂にひょっこり顔を出した黒羽織を着つけた芸者姿の桃路は、

「あら若旦那、珍しいことがあるもんだわねえ」

とニッコリお月様のように笑って、左褄を軽くつまんで敷居を跨いで入ってきた。座敷に行く途中なのであろう。

低い敷居のはずだが、履き物が少しひっかかり、よろめいた。綸太郎がすぐさま近づいて、桃路の手をしっかり摑んで支えると、

「あっ……綸太郎さん、案外と手がごっついんですねえ。剣胼胝《だこ》も凄《すご》いし」

「今頃、分かったんか。俺は茶碗や壺、刀剣を眺めてばかりいるのとは違うぞ」

「知ってますよ……それより、なんで店番なんかを。帳場に座ってる姿、綸太郎さんには似合わないわね」

「峰吉がな、出て行ってしもうたのや」

「峰吉さんが？」

「ああ。この中の水を吸ってな」

と白木の棚に置いてあった、高麗青磁の水注『時の器』を見せて、その効能や由来などを簡単に話して聞かせた。

「へえ。それは面白い……今から、出る座敷の『亀の会』のご隠居さん方にも吸わせてあげたら、どうかしら」

「それがな、峰吉は困ったもので……どこで何をしてるのやら」

「いいじゃないですか、若返ったのなら。あら、ひょっとして若旦那、もっと若くなりたいので？」

綸太郎は冗談ではないと首を振って、

「峰吉のやつ、どうやら絵双紙屋の尚助さんと一緒らしいのだが、いずれ大変なことになる。体によい訳がないのや。今は、調子こいて俺の言うことなんぞに聞く耳を持たないだろうが、どうやろ、峰吉を見つけしだい、桃路、おまえに預けるさかい、なんとかしてくれんか」

「な、なんとかって……」

桃路はぷいと頬を膨らませて、ぐいと顔を近づけた。

「若旦那！　私に峰吉さんの相手をしろって言うんですか」

「ああ、そうだ」

「じょ、冗談じゃないですよ。別に私じゃなくたって、よろしいでしょ⁉　しかも、なんです。女の操《みさお》をなんだと思ってるんですか。私はね、そんなふしだらな女じゃありません。峰吉さんを元に戻すためにって……そんなことできますか！」

「何を怒っとるのや」

綸太郎はそっと桃路の肩を抱き寄せて、

「桃路にしかできんのや。その手練手管を使うて、峰吉をその気にさせてやな……」

「本当に怒りますよ！」

サッと綸太郎の頬を叩こうとしたが、その腕を摑んで、哀願するように微笑んだ。

「頼むわ、桃路……俺、おまえにしか頼める者おらんのや」

「そ、そんなこと言われても……」

少し気が弱くなる桃路に、綸太郎はまるで色男が口説くように、

「お願いや。このままでは、峰吉も尚助さんもえらいことになってしまう」

「えらいこと？」

「ああ。どや、なんとか助けてくれんか」

綸太郎は桃路の耳たぶを嚙むような仕草で、何やら小さく囁いた。桃路は一瞬だけ、

「え？」と意外な目になったが、くすぐったそうに身をよじりながら、

「若旦那の頼みだ……仕方がないわねえ」

と頷き返すしかなかった。


その夜――。

『亀の会』の座敷が終わってから、桃路は振袖坂近くの料理茶屋『松嶋屋』に、オコゼこと玉八を引き連れて現れた。

二階の奥座敷は二間続きで、少し坂上になっているから、丁度、入り組んだ路地が見える。まさに板塀や石塀で囲われた迷路だ。通っている人たちは、よく迷わずに歩いているなと感心するほどである。

殊に、小雨が降ると様々な色合いの番傘が開いて、擦れ違うたびに傘が少し窄《すぼ》まる風情が、窓から見ていても美しい。そこに向かいから来る人への気遣いがある。相手に滴が垂れないよう自分の方へ傾ける仕草が、これまた見る者の心をほっとさせるのだ。

「おう、来た来た」

上座に座っていた綸太郎の傍らで、ちんまり座っていたのは、峰吉だった。あの後、綸太郎は、浅草奥山《あさくさおくやま》や上野広小路、深川八幡《ふかがわはちまん》あたりまで足を伸ばして、峰吉の立ち寄りそうな所を探していたのだ。

案の定、両国橋東詰の〝並び茶屋〟と呼ばれる水茶屋で、店の娘を必死に口説いていたところを見つけて、

「遊びなら、教えてやるがな。俺を誰やと思うてるのや」

と散々、穀潰《ごくつぶ》しのような道楽を続けてきた綸太郎らしく、峰吉を説得して連れ戻して来たのだ。

「どや、桃路……驚いたやろ」

桃路と玉八は、わざとらしくと思えるほど大袈裟に仰《の》け反《ぞ》った。

「いやあ、本当に峰吉さん!?」

と桃路が近づいてまじまじと見つめると、玉八も目を輝かせて、

「いやいやいや、これはビックリ、驚いた」

峰吉は居心地が悪そうにモジモジしていたが、酒は飲めないということなので、目の前に差し出された膳の〝さくら鍋〟に箸《はし》を伸ばしては、はふはふと実に美味《うま》そうに食べていた。葱《ねぎ》と豆腐だけの素朴だが深みのある馬肉鍋である。

「な、峰吉。今日は俺の奢《おご》りだ、遠慮するな」

「へ、へえ……」

悪戯がばれてしまってバツが悪そうな峰吉だが、若さだけは体中に感じているようで、

遠慮なく食が進んでいた。いつもの湯葉やオカラしか食べないような少食とは違って、旺《おう》盛《せい》な食べっぷりである。

「若うなったからと言うて、ハイさようならじゃ、いかにもつまらんやないか。送別会くらい、ちゃんと開いてやる」

「ありがとうさんに存じます」

桃路が手を叩くと、廊下から、三人の芸者が現れた。それぞれ手に三味線や太鼓、小《こ》鼓《つづみ》などを手にして座敷に入って来て、下座に控えると丁寧に名乗って挨拶をした。

「おっ……」

と思わず峰吉の声が上擦った。好みの女でもいたのであろうか。音曲を鳴らし始める芸者衆と、それに合わせる桃路の舞いを、峰吉は食い入るように見ていた。『初雪』『桜扇』『十五夜』『薄野《すすきの》』という桃路得意の四季の中で、男女の出会いと別れを描いたしっとりとした舞踊である。

本来、鍋を食べながら観るものではない。しかし、綸太郎のたっての頼みで、峰吉に無粋な真似をさせていたのである。

桃路が手にしている扇子は、俵屋《たわらや》宗達《そうたつ》が描いたものである。もっとも、著名になる前、繪屋をしていた頃のものであるが、好事家にはかなりの値で取り引きされていた。〝繪屋〟

というのは、足利《あしかが》の治世より京にある、扇や扇子に絵を描く絵師のことである。花鳥風月を素朴に描いたもので、土産物《みやげ》としてよく売れていたらしい。

その扇をどこかから見つけてきたのは、峰吉である。しかし、扇のことなど、まったく目に入っていない。咲花堂の番頭の自覚も薄れてしまったようだ。

桃路の舞いは、上方舞いに強く影響されていた。師匠がそうだったからであるが、そのことが綸太郎の好みに合った。

上方舞いは白拍子《しら》という遊女が狩衣《かりぎぬ》をつけて舞っていたものが源流と言われている。それに、曲舞《くせまい》や猿楽が混じり、その後、歌舞伎や浄瑠璃《じょうるり》も組み込まれて、繊細だが優雅なものであった。舞台の上で踊る大きな動きとは違って、小さな手捌《てさば》き足捌きでありながら、目に残る印象は鮮やかで深かった。

「どうや、峰吉……」

「へえ」

「このような舞いは、そこそこ年を取らねば分かるもんやない。もちろん演じてるのは若い芸者でも、観る方には演者には思いもつかない心の動きを感じるのや」

「はい……」

「おまえは若造に見える……ああ、見えるだけで、中身は年寄りや。いや、年寄りと言うたら悪いようやが、老いとは円熟してるという意味やないか。やおら、若い者の真似をしたかてしょうがない」

「若旦那……私に元に戻れと？」

綸太郎はそれにはハッキリ答えず、桃路の持っている扇を見ろと指した。

「俵屋宗達や。別に銘が入っているわけでも、落款《らっかん》があるわけでもない。なのに、おまえが見つけたのは長年の修業と経験があってのことやないか。今のおまえには、もう見えなくなってきたやろ」

「……何が言いたいんどす」

峰吉は不思議そうな顔になって、綸太郎を振り向いた。口元には、さくら鍋の汁が汚らしくついている。

「若くなって人生をやり直せるのは、ええことかもしれへん。でもな、おまえが今まで生きてきたことは、すっかり消えてゆく。忘れてゆく、それでもええんか？」

「え……」

「つまり、目利きとしての技量も消える。もう一度、新しい別の人生を生きなければならない。もちろん、うちに雇うてくれと言うなら雇わんでもない。そやけど、振り出しの丁《でっ》稚《ち》からや」

「お言葉ですが、若旦那……」

　と峰吉は神妙な顔で、膝を組み直して、

「生まれ変わるからには、その覚悟はできてます」

「ほんまに？」

「決して、咲花堂で過ごして来たことが、嫌だったわけやありまへん。いえ、むしろ有り難いことばっかりでした。私もついつい口ではアレコレ言うてましたが、ほんまは他のどの奉公人にも負けんくらい、咲花堂のことが、好きでした。旦那の上条雅泉様は尊敬しておりますし、若旦那のことも本当は好きどす。頼もしく感じております」

「…………」

「そやけど、私、ほんまは別にやりたいことがありましたのや、若い頃に」

「なんや、それは」

「へえ。できれば……浄瑠璃語りになりたいのどす」

　綸太郎は吹き出しそうになったのを我慢した。

　たしかに時々、厠《かわや》で踏ん張るような唸り声を上げているが、とても才覚があるとは思えない。それは若さが戻っても同じであろう。

「そやから、すっかり今の自分が消えてのうなっても未練はありませんのや」

「……そうか」

と綸太郎もしんみりとなって、手酌で酒をぐいと飲んだ。

「おまえがそこまで決心しとるのなら、もう何も言うまい。せいぜいキバれや」

「へえ……」

峰吉は嬉しそうに涙と口元の汁をぬぐって小さく頷いた。

「なるほど……この宴席は別れの杯やったのどすな。ありがとうさんです。忘れません……いや、忘れたとしても、もう一度、若旦那とは新しい関わりを作ってくなはれ。へえ、今度はこっちが小言を言われる立場になりますかな」

桃路がいつの間にか、二人の間に近づいて来て、ささ一献どうぞ、と杯を勧めた。綸太郎は受けたが、峰吉は酒が〝禁じ手〟だということで受けない。その代わり、

「ほなら、甘茶ではどないですか？」

「甘茶？」

お釈迦《しゃか》様の花祭りに飲むものだ。時節外れのことに、峰吉は訝った。しかも、甘茶は世の中で一番嫌いな飲み物である。あじさいに似た花をつける植物の葉を煎じたもので、妙な甘さが、峰吉には苦手だったのだ。

「さくら鍋に甘茶……これで、綺麗サッパリ忘れられると思います。これからの、峰吉さ

んの新しい人生のために、ささ、我慢して飲みましょ」

峰吉は桃路の笑顔に誘われて、渋々、甘茶を口にした途端、うっとなりそうになったが、さくら鍋の濃厚な味に混じったせいか、茶碗一杯分を意外とあっさり飲み込んだ。

「これで、甘い別れというわけや。峰吉、今宵は楽しもうな」

「はい。ありがとうございます……」

頭を下げたとき、ひょっとこおたふく、二つの面を被った玉八が座敷に飛び込んで来た。一人二役の軽妙な踊りをやってから、やはり、一人二役で屏風を利用しながら、艶福《えんぷく》な笑いを混ぜた〝濡れ場〟をするのである。

峰吉にとっても、久々に腹の底から笑った夜だった。

六

同じ夜——。

尚助は、両国橋西詰の外れ、柳橋《やなぎばし》の近くにある自身番に飛び込んでいた。

「さ、財布を盗まれたンだよ。探し出して捕まえてくれよ」

番人相手に必死に取りすがっている。

「おいおい。どういうことだ、落ち着いて話さんか」

と折よく見廻りに来ていた北町同心の内海弦三郎が、尚助の両肩を押さえて、上がり框に座らせて、じっくり聞いてやった。どこかで見たことがある、という顔をしている。尚助は承知している。息子の家から追い出されたところを見られた時のことを思い出したのだ。

「ご、五両も入ってたンだぜ。こちとら、一世一代の大遊びに命を賭けてたんだ」

「一世一代は大袈裟だな。しかし、東詰の出合茶屋から、屋根船を出して〝首尾の松〟とは、その歳でなかなかやるじゃねえか」

首尾の松とは、尚助が船をつけたあたりのことで、そこで男と女が逢い引きをして果たせるから、その名がある。大川から吉原《よしわら》に行くときの目印にもなっており、

——どうか、うまくいきますように。

とお目当ての太夫と事が成就できるように、願掛けする客もいた。

「で？　相手はどこの誰だい」

内海が訊くのへ、尚助はムキになって、

「分かってりゃ、てめえでトッ捕まえて八つ裂きにしてやらあ。人様のものを盗むなんざ、許しちゃおけねえ」

「ま、そういきり立つなよ、爺さん。のぼせてポックリ逝っちまうぜ」

「じ、爺さん!?」

　尚助は慌てて、鏡を探しながら、

「冗談じゃねえぞ、おい。まだ何もしてねえのに元に戻るなんて、そんなことがあってたまるけえ」

　おろおろする尚助を内海は不思議そうに見ていたが、土間の水桶を覗き込んで、ほっと安堵の溜息をついた。

　水面には、若い自分の顔が映っている。

　尚助は愛おしそうに肌を撫でながら、

「……なんでえ、戻ってねえじゃねえか」

「ああ。財布はまだ戻って来てねえよ。その娘の顔は覚えてるな」

　内海はもう一度、尚助を座らせて、落ち着くように言ってから、

「どんな顔《つら》だい」

「どんなって、こう少しポッチャリしてて可愛《かわい》くて……」

「そんな女なら、幾らでもいるぞ」

「名は、お仙。笠森《かさもり》お仙のお仙だ……俺の女房と同じ名だ」

「女房がいるのか」

「あ、いえ……ああ、亡くなった」

「…………」

「おまえさんの仕事は」

「神楽坂浮世小路で、絵双紙屋をしてる……いや、してた……いや、ま、それはどうでもいい。とにかく、その女を探してくれ」

「神楽坂か。なんだか嫌な予感がしてきたな」

と内海は呟いてから、問いかけを続けるのへ、尚助は屋形船であったことを、つらつらと話した。

屋根船に誘ったのは、お仙という娘の方だった。

尚助は久しぶりに若い女の肌に触れるということで、わくわくしていた。なにしろ長年、膝や腰を痛めていたのである。しかも、日がな一日、縁側に座って暮らしているようなものだから、ますます足腰が萎《な》えてくる。

だが、『時の器』の中の液体を吸い込んだがために、若返った。もちろん、この話は同心にしたところで信じないだろうから、黙っておいた。

「俺はね……別に、つまり、その事をしようがしまいがよかったんだ。ただ、その娘があまりに、いじまし……いや、いじらしかったから、こうギュッと抱きしめてただけなんだ」

「ほう……」

「そしたら、なんだかムズムズ来てよ」

「その歳でか」

「この歳だからだよッ。旦那だって、まだまだいける口でしょ。ホッペタなんか赤くて艶々してるじゃないですか」

「俺のことはいいよ。それから、どうした」

「じっとしていただけだ」

尚助はお仙を抱きしめたまま、手を出すでもなく、不自然に時が流れただけだった。緊張のあまり流暢《りゅうちょう》に話すこともできなかった。考えてみれば、亡くなった女房以外の女と二人だけで、屋形船みたいな狭い室内にいたことなんか久しくなかった。

そうしているうちに、尚助は妙な気分になったが、

「若い娘が、こんな所に男を誘ったりしちゃいけねえな」

と説教を垂れた。ところが、お仙は真剣に聞いてから、

「あんた、うぶなんだね……それとも、優しいのかな？」

訥々《とつとつ》と身の上話を始めた。

「今宵が、江戸暮らし最後の夜なんだ」

お仙は尚助に身を預けたまま、上州の小さな村から飛び出したこと、やくざ者の情婦になったけれど裏切られて遊女にされたこと、そこから逃げ出して江戸に来たこと、江戸では廻り髪結いをしていたこと——などを、しみじみと話した。

そして、ある大店の旦那と出会って囲い者になったが、幸せを摑もうとした矢先、その旦那が亡くなって、本妻に寮を追い出されたという。

「だから、江戸からもう出て行く。何処へ行っても幸せになれないんだ……そう言いながらね。で、江戸最後の夜の思い出にと、俺を誘ったと言うんじゃよ」

「…………」

「でも旦那。そんな娘を抱けるかい？　なんだか可哀想になってきちまってね、通りすがりの男なんかに身を任せちゃいけねえ。本当に好いた男と結ばれなきゃよ……俺ア、そう言って慰めてやったんだよ」

尚助がしんみりとそう語ると、内海はなぜか納得するように頷きながら、

「だめだな、そりゃ。諦めろ」

「え？」

「そいつは、たぶん、熊《くま》だ」

「くま……？」

「ああ、そいつは名うての〝枕探し〟だ」

「ええ!?」

「縄張りがあるわけじゃねえ。江戸のあちこちに現れては、うぶな娘を装って男に近づき、油断をさせた隙に、財布ごと頂くという寸法だ。今頃は裏で糸を引いてる男とどっかにシケこんで、しっぽり濡れてるだろうぜ。おまえのアホさ加減を話しながらな」

「そ、そんな……」

愕然となる尚助の肩を軽く叩いて、内海は慰めるつもりで、

「諦めなって。五両や六両、絵双紙屋ならどうってことなかろう。美人局《つつもたせ》で脅されたり、居直って命を取られたりするよりマシじゃねえか、な」

「ふざけんないッ」

と尚助は声の限りに怒鳴った。

「旦那！　それでも町方で十手を預かってるお人ですかい！　人の心のヒダってのを分かってやってくんない。さっきは、ああ言ったものの、俺は別に金を戻して欲しくて言ってンじゃねえ。あの若い身空で、そんな稼ぎしかできねえ娘っ子が、あんまりにも可哀想だ

から訴えてんだ。探し出して、なんとか改心させてやりてえ……そのためなら俺ア……俺ア、夫婦になってやっても構わねえと思ってるッ」

「おいおい。こりゃ相当だぜ」

内海は自身番番人たちに向かって、頭を指してクルクル回した。

「そうかい、そうかい。お上がそんなだから、若い奴らの性根まで腐っちまうんだ。枕探しをする娘が悪いンじゃねえ。そういうガキをほったらかしてる、あんたら十手持ちが悪いンだ」

「おいおい。爺さん、いい加減に……」

「爺さんじゃねえ！　おまえなんかに頼まねえ！　俺はてめえでカタをつける！」

尚助は憤然と立ち上がると、留めようとする番人を、まるで歌舞伎役者のように両手で押しやって、自身番から飛び出していった。

隅田の川風が飛沫《しぶき》を含んで、宵闇の中に舞い上がっていた。

七

熊という娘は、どこから尚助を尾けて来ていて話しかけたのか、色々と考えた末、『帆掛け』しかないと思いついた。

内海の言うとおり、掏摸《すり》や枕探しの類《たぐい》であれば、おいそれと素性を明らかにすることはないであろう。しかも、後ろに危ないならず者がいるとなると、こっちも覚悟をしなければならない。

「こんな時に、十手持ちが役に立たなくなった御時世は一体、何なんだ」

と尚助は世の中に腹が立つと同時に、そんな娘にあっさり引っかかった己にもムカついていた。両国橋西詰から、どう歩いて神楽坂まで戻ったか、はっきり覚えていない。それくらい、早く時が過ぎた。

『帆掛け』に来た時、朝とは違って、大勢の若い男と女でごった返していた。足の踏み場のないほど、ぎゅうぎゅう詰めである。繁盛している証拠だが、神楽坂には珍しく、品性の欠けた店だった。

尚助は少しためらった。恐くなったのではない。ここで飲み食いしている若い衆が、自分とは違う浮き世の人間に、ふと思えたからである。

――そりゃ、俺だって若い頃には、バカ騒ぎをした。人様に迷惑もかけてきた。偉そうなことは言えねえ。でも……。

何かが違うと、尚助は暗澹《あんたん》たる思いに囚《とら》われた。カッと陽射しのように明るい行灯に照らされた店内にあって、自分だけがぼんやり薄暗い感じがしてきた。

その明るさの中に、誰よりもバカ甲高い声で笑っている女がいた。お仙だ。

――いや、熊だ。

仲間らしき女三人とその色らしき男も三人いて、店の奥で陽気に飲んでいる。どいつも人相の悪い男どもだ。

尚助はずんずんと客の足を踏みながら、近づいて行った。

「お熊――」

いきなり声をかけられて、お仙と名乗っていたお熊は、ハッと振り返った。一瞬、バツが悪そうに目を逸らしたが、酔っぱらった陽気がいっぺんに消えて、

「なんだい、あんた」

とそ知らぬふりを決め込んだ。

「金を返せ、とは言わねえ。ああ、俺も助平心を起こしたからのう、それはやるよ」

「何の話だい」

「これは、おまえの仲間なのか？」

「関係ないね」

「ちょいと話ができねえか、二人きりで」

「いやだよ」

「そう言わずによ、きちんと聞きてえんだ。ありゃ、ぜんぶ嘘だったのか？　不幸な生い立ちとか、江戸最後の夜とか」

「……知らないよ」

「俺は思ったんだ。短い間だったけれど、俺の腕の中で震えてた、おまえが言ったことに嘘はねえ。ああ、分かる。何か辛《つら》いことがあって、どうしょうもなくって、こんな連中と付き合ってるんだろう。だが、おまえだけは違う……さ、帰ろう。他の生き方を探そう。なに、まだ若いンだ。ためらうことはねえ」

尚助が口早に話すのを、他の客もポカンと見ていた。

「気持ち悪いねえ。誰か、追い出しとくれ」

お熊が眉間を寄せて、吐き捨てるように言うと、背の高いのが一人立ち上がって、いきなり尚助の胸ぐらを摑んで押しやろうとした。次の瞬間、ふわっと体が浮いた。

ドテッと倒された背の高い若者は背中から隣で飲んでいる者たちの上に倒れて、激しく食皿や銚子などが弾け飛んだ。

「なに、しやがる、このやろう！」

仲間の男二人も起きあがって、尚助に殴りかかろうとしたが、これまた鋭い投げで床に叩きつけられた。

「上等じゃねえか、てめえら！　若返った限りにゃ、遠慮はしねえぞ。俺だって、浅草界隈じゃ、ちったあ恐れられてた弁天《べんてん》の尚助だ。おう！　怪我したくねえ奴はすっ込んでろ」

「なんだ、この爺イ！」

「じ、爺い!?」

尚助がほんのわずか動きを止めた次の瞬間、三人の男たちが同時に飛びかかった。そして、ボカボカ殴る蹴るを始めた。前のめりに倒れた尚助はゴッンと食卓の角で頭を打って、うっと気絶しそうになった。

「お……お熊……こんな奴らと、付き合ってちゃダメだ……だ、ダメだ……」

薄れる意識の中で必死にそう訴えた。構わず、さらに蹴ろうとする若い衆の顔に、シュッと杯が飛んで来て命中した。

「い、いてえッ！」

振り向くと、険しい顔をした綸太郎がツカツカと向かってきている。

「なんだ、オッサン。てめえも痛い目に遭いたいのかッ」

と躍りかかったが、綸太郎は足払いや小手返しなどで倒した。さらに、殴りかかって来るのを、無言のまま倒すので、若い衆たちは気味悪そうに後ずさりした。

「そこの咲花堂だ。文句がある奴はいつでも相手しますさかい、おいでなさい」

そう涼しげな目で言ってから、

「おい。大丈夫か、おい！」

とゆすったが、尚助は目を覚まさなかった。

「まったく……年寄りの冷や水どっせ」

綸太郎が呆《あき》れて呟《つぶや》くのを、お熊はじっと見つめていた。


そのままポックリ死んだのではないかと思えるくらい、尚助は長い間眠っていた。

目が覚めた尚助は、

「ここは何処だ……俺は、どうなったのだ」

と意識が朦朧《もうろう》としていた。

目の前には、綸太郎と峰吉が心配そうな顔で見ている。

「あ、ああ……咲花堂さん……峰吉さんも……」

起きあがろうとするが、頭を相当強く打ったらしく、大きなたんこぶが出来ている。触ってみると、もっこりなっているが、それよりも尚助が驚いたのは、

──手に皺がある。

ということであった。そういえば、覗き込んでいる峰吉も元の姿に戻っている。

「俺は……一体……」

夢でも見ていたのか、と一瞬思ったが、

「大丈夫、ちゃんと元に戻れたよ」

と峰吉は穏やかな笑みを投げかけて、「若い奴らに喧嘩を売ったときには戻りかかってたのやろうな」

「えっ……」

訳が分からないと首を振った尚助は、綸太郎に支えられて、ゆっくり起きあがった。不思議そうに周りを見やる尚助は、がっくり来たように項垂《うなだ》れて、

「やはり、夢を見てたのか……」

「ま、夢みたいなものだな。尚助さん、あなたと峰吉が見てたのは、いわば幻影の類だ。強烈な阿片《あへん》みたいな薬を吸って、若くなったという幻影を見ていたのやな」

「そんな……」

尚助はキョトンとしたままで、「でも、若旦那。私は息子に殴られそうになったし、あのお仙……いや、お熊という娘とも……」

綸太郎は否定はしなかった。『時の器』の不思議な力を知っていたからである。

「あの『時の器』には強い幻覚剤が入っているようなのや。普段は出ることはないが、温めると蒸発する。それを吸った人間は、幻を見るんです」

「幻……」

「ええ。殊に、今度は若返るということを、頭に擦り込まれていたから、自分にはそう見えるんです。若くなったと」

「でも、息子は私に……」

「殴りかかったのと違います。あなたは自分が若返ったと思ってましたが、周りの者には、いつもの尚助さんにしか見えない。なのに、気が高ぶってはしゃいでいる……息子さんには、あまりにも唐突で変だったから、落ち着かせようと思っただけです。ほら、心配して来てますよ」

綸太郎が振り返ると、陽射しに照らされた表の露地から、暖簾越しに息子とその妻、そして孫が覗いていた。

「心配、おかけしました……」

と綸太郎に挨拶をしてから、

「親父、大丈夫か、まったく吃驚するじゃないか。ま、大したことはなかったから、よかったけれど」

「すみませんな。お騒がせして」

峰吉もこくりと頭を下げて、

「実は私も、すっかり若返ったと思い込んでてな……そういや、誰も私たちのことを、兄さんとか、呼んでくれなかったものな。私たちだけが勝手に盛り上がってたような気もしますわ」

「そうか……時々、爺さん！　って言われてた気もする。だったら、なぜ……」

お熊という女は、自分たちを枕探しの獲物にしようと思ったのかと、尚助は疑念を抱いた。『帆掛け』にいた少しの間に、財布の中身を見られたわけではない。むしろ金のなさそうな老人に見えたはずだ。

「そうでも、ありまへんえ」

と綸太郎は二人のその時の様子を想像しながら、

「きっと、元気だったのは確かでしょうな。身軽に走ったり、力任せに喧嘩《けんか》したりしたのは事実ですからね。自分が本気で若いと信じていたからこそ成せる業だったのでしょう」

「はあ……お恥ずかしい」

と尚助は言った後で、また別の疑念が過《よぎ》った。

「しかし私は、〃禁じ手〃は何ひとつしていないはずやが、どうして、その幻想が解けたのでしょうか」

「あれは実は……」

嘘も方便とはいえ、『時の器』の中にある液体の由来は事実である。

綸太郎は改めて説明を加えた。

「煙草や酒、そして女と交わると元に戻る――と言っておかないと、煙草や酒が、体内に入っている『時の器』の薬と混じることによって、心の臓や肺臓などに異変をきたして、ポックリ死んでしまうことがあるから、絶対にしてはいけないと但し書きがついてたのどす。峰吉も知ってたはずやけど、何をしてたのや、まったく……」

尚助はブルッと身をふるわせて、

「……で、女は？」

「それも同じどす。気分が高まり過ぎると、頭の中が異様に変質するのでしょうな。それで卒中になってしまうこともある」

だが、しばらく放っておけば元に戻るかも知れないが、その間に危険なことが起こっては困る。だから、甘茶に含まれている鎮静作用で、毒気を薄めたのである。もちろん、尚助にも失神しているときに飲ませた。

峰吉も目が覚めたときには、

——何やったのや。

と、しばらく夢かうつつか茫然としていて、自分の幻覚だったことに気づくまでに、しばらく時がかかった。

「頑固者ほど、なかなか解けないらしいですわ」

綸太郎がからかうと、峰吉はムキになって否定したが、これからまた番頭暮らしが続くと思うと、心底、残念に感じているようだった。

「人生はみな同じ早さで過ぎている訳ではありまへん……ときには、時を止めたり、早めたり、戻したり……時の中に、隠れ家を探して見るのもええかもしれへんな」

「何言うてまんのや。わてはホンマに尚助さんが若返ったのを見たんどっせ」

「アホやなあ。おまえも、あの時、水注をゆすって匂いを嗅いだやろ。そのせいで……」

「ちゃいます！　ほんまに、わては……」

「ま、おまえがどう思おうが、かまへんがな……」

「なんや、若旦那は……」

と峰吉がふてくされたとき、今ひとり、店の表に立った。

美しい銀色の髪が光を浴びて煌《きら》めいているのが印象的な老婆だった。艶やかな黒地に薄い桃色の花びらをあしらった着物の、上品ないでたちである。貴婦人というのは、このような女《ひと》のことを言うのか、という感じだった。

しかし、とても絵双紙を買いに来た人とは思えない。

尚助の息子が気を利かして声をかけると、

「絵双紙屋たちばな、さんですよね。あの……尚助さんは、おいでででしょうか」

と老婆は遠慮がちな伏目で尋ねた。

「父なら、奥に……」

息子が暖簾を分けて、中へ誘うと、老婆は丁寧に頭を下げてから、

「申し訳ありません。昨日は、本当に失礼致しました」

と財布を差し出した。尚助が枕探しに取られた柿渋色のものだ。

「あなた様の言葉には打たれた気がしました」

「え……？」

尚助がまじまじと見つめるのへ、

「私もあれから色々と考えまして、まっとうに生きることを心に誓いました。もし、お許し願えるなら、時々、この店に立ち寄らせて貰って構いませんでしょうか」

と、もう一度、丁寧に頭を下げた。

「――なんや、おやじ。おふくろが死んでまだ一年も経ってないのに、もう茶飲み友達ができたのか？　ま、茶飲み友達くらいならいいけど……おふくろのこと忘れるなよ」

息子が半ば冗談で責めると、尚助はにっこりと微笑んで、

――お熊か……。

と口の中でつぶやいていた。

第四話　銘《めい》切《き》り炎《も》ゆ

一

まずいことを聞いてしまった。

綸太郎は神楽坂への帰り道、ずっと誰かに尾《つ》けられている気がしていた。

その密談が開かれたのは、浜町《はまちょう》河岸から二丁程、吾妻《あずま》橋に向かった隅田《すみだ》川沿いにある船宿『桜井《さくらい》』の離れであった。かつて勘定奉行や長崎奉行も務めたことのある大身旗本、秋野伴内《あきのばんない》に呼び出されて、茶器や掛け軸などの骨董談義をした後で、

「実は、綸太郎殿……我が家の家宝として、徳川御一門の一橋《ひとつばし》様より頂いていた名刀、備前白山長虎《びぜんはくさんながとら》を何者かに、奪われてしまったのだ」

と告白されたのである。

奪われたことが公になれば、まさに切腹モノである。御家断絶までにはならないであろうが、旗本が御一門からの拝刀を盗まれたとあっては、末代までの恥となる。

だから探して欲しいというのだが、綸太郎には重荷である前に、

——それは贋物《にせもの》だ。

ということを知っていたから、困ってしまったのである。

なぜならば、備前白山長虎の本物は、神楽坂咲花堂にあるからだ。

もちろん表には出していない。綸太郎が極秘に持っている。これは、番頭の峰吉ですら知らないことだ。

だが、綸太郎は秋野伴内に、盗まれたものは贋物だとは言えなかった。一橋家を愚弄《ぐろう》するからではない。自分が保持していることを知られたくない思いもあったが、

——誰かが贋物を作った。

ということを確信したがためである。

「しかし、長虎は長虎でも、他ならぬ備前白山だ……そんな名刀を真似て作ることができる奴がいるやろか」

綸太郎にとって、問題はそっちの方が重大であった。刀剣の贋作《がんさく》は意外に多いものだが、書画骨董に比べれば、目利きが見れば一目瞭然に分かるものである。

それは陶器が火の力や釉薬の塩梅によって、偶然に出来る産物であり、それが〝芸術品〟として評価されるのに対して、刀剣に偶然の産物はあり得ない。あらゆる必然が、必然を呼び、そして必然を重ねて、唯一無二の一刀が出来上がるからである。

まさに刀工の神業によって生み出されるものは、人にひとつしかない〝魂〟と同じように尊ばれるものだった。

「困った……俺が探し出すことなど、無理な話というものだ」

綸太郎は深く長い溜息をついた。

理由はもうひとつある。その備前白山長虎を武将が持てば、家臣が死ぬ、という言い伝えがあった。そこから御家騒動や家臣の狼藉《ろうぜき》などということが次々と起こった。それゆえ、徳川の治世になったとき、その刀だけではなく、その刀工が作ったものは一切、忌み嫌われるようになったのだ。

だから、目利きと研ぎをする本阿弥家を通して、上条家が預かることになった。百数十年程前に、一度は人手に渡ったが、その折にも越後のさる藩で、家臣同士が斬り合うという惨事があったので、上条家に戻ってきたのである。

しかし、好事家《こうずか》のみならず、怪しい噂話があればあるほど、危険を承知で求めて来る者もいる。

秋野伴内が備前白山長虎を一橋家から拝領したのは、一年程前のことであった。突然の申し出に、秋野は戸惑った。長虎の噂は聞いていたから、そのような〝怪刀〟〝妖刀〟の類《たぐい》を手にすると、不吉なことが起こるような気がしたからだ。

とはいえ、名刀には違いない。無下に押し返すと、せっかくの一橋家の気遣いを踏みにじることになる。長年、幕府で重職を担ったことへの感謝と慰労の気持ちだということで、わざわざ当主が直々に手渡したのだ。

「ありがたき幸せ……」

と受け取るしかなかった。

ところが、一橋家の本音は、秋野家のことなどどうでもよかった節がある。

一橋家といえば、将軍家斉《いえなり》の出身家である。その一橋家で、最近、家臣たちの中で不審な死を遂げるものが何人かいた。だから、その不吉な刀を処分しようと考えた。その〝矛先〟が、勘定奉行を辞して隠居したばかりで、三河《みかわ》以来の家柄でもある秋野家だったのだ。

妖刀だという理由で拒否する訳にもいかず、渋々、受け取ったのだが、今般、盗まれたことで、秋野伴内自身は少し安堵したという。災いもまた消える気がしたのであろう。

とまれ、綸太郎は自分と関わりのない偽造の刀のことに巻き込まれるのは、

——御免被りたいな。

と思っていた。偽刀が巻き起こした事件は数知れずあり、いずれもが人の死を招いているからだ。刀は武士の魂だという。それゆえに、思いもよらぬ武門の意地とやらがぶつかりあい、しなくてもよい刃傷沙汰に及ぶこともあるからだ。

綸太郎は咲花堂に帰ると、二階の押し入れから、仕舞ってあった備前白山長虎を丁寧に

取り出した。

この一振りは、綸太郎が若い頃、研師として様々な真剣に触れ修業した後、「これを研ぐことができれば一人前や」

と父親の雅泉に渡されたものだ。

この刀を研ぐのが難しいのは、彫刻刀だからである。島津《しまづ》家伝来の肥前国忠吉《ひぜんのくにただよし》と並び称せられるほどの彫刻を、刻む匠《たくみ》の技に長虎は優れていた。

ふつうなら、刀の付け根であるハバキの近くだけに施されるものだが、長虎は〝全身〟に彫ってある。透明感あふれる彫り物は、まさに人肌の刺青のように繊細だが優美にあしらわれている。

綸太郎は息を吹きかけぬように、手にとってじっくり眺めた。刀の峰を縫うように、風に揺れる竹林が波打ち、その合間に、数羽の雀《すずめ》がさまざまな姿で飛んでいる。

なぜ雀なのかは分からない。刀匠の好みなのか、依頼した武将の家紋が〝雲雀〟や〝ふくら雀〟だったゆえなのか不明だが、いずれにせよ、雀は人に最も馴染み深い身近な鳥である。

――人の心を忘れまい。

という強い思いがあったのであろうと、綸太郎は感じていた。

この彫刻は長虎が一世一代、精魂込めて作った鍛刀だと、雅泉は常々言っていた。かような名刀を、名刀のまま後世に伝えるのが、研師の仕事やというのが口癖だった。

たしかに研師はその名を残す仕事ではない。物を作ることをしないからである。しかも、一度、研げば永遠に〃質〃が変わらないわけではない。下手をすれば、すぐに傷《いた》み始めたりする。そこが、陶器や掛け軸の修復師とも違うところだ。

――形がない。

というのが、研師の技の宿命であるのだ。だが、人の心には形も姿もないが、永遠に残る如く、研ぎの魂もまた残るのである。

そして、優れた研師でなければ、すぐれた刀剣目利きになれないのも事実である。

「研いで十生、目利き一生」

と言われるほど、十回生きるくらい繰り返して研ぎ仕事をすることで、ようやく一生食える程度の刀を見る鑑定眼がつく。厳しい修業が必要なのだ。

それでも、誤ることがある。欲を出したときである。無欲の境地にならなければ、心眼が曇り、己に都合の良いように判断する。そのこと自体が、最も悪い過ちである。

だが、この備前白山長虎は、そんな欲望など忘れるくらいの清純さと優雅さ、そして人間の因業のようなものが同居している。この刀には恐いくらいにゾクゾクッとするものがあるのだ。

刃文や地鉄《じがね》はもとより、彫刻は天下一だと綸太郎は思っている。

それゆえ、本造りや平造りとは違って、微に入り細を穿《うが》つように、心を研ぎ澄まさなければならない。加えてこの秘刀は、彫刻が浅い。つまり、砥石《といし》の使いようによっては、肝心の彫刻を傷つけたり、壊したりしかねない。刃肉との均衡も悪くしてはならない。まさに、神経を磨り減らす作業を要求されるのだ。

「少々、怒ってるような……」

と綸太郎は刀身を眺めていて感じた。

じっと見ていると刀の方から語りかけてくるのだ。大袈裟ではない。飼い犬や飼い猫が、主人に何かをねだったり、甘えたりするのに似ている。

しかし、刀の方から何か物申してくるときが、最も危ういのだ。刀自身が不満を感じているからである。何が不満か。それを察して研いでやるのも、研師の仕事であろう。

綸太郎の見立てでは、備前白山長虎は、

――もっと切れをよくしてくれ。

と語っていた。

折れて曲がらない刀を作るのは刀匠の仕事である。だが、刀は本来、鑑賞を目的とする

ものではなく、

――人を斬る。

という究極の使命があった。斬れなければ話にならない。

その切れ味を導き出すのもまた、研師に与えられた〝極め〟である。

綸太郎はおもむろに砥石を取り出した。砥石にも様々ある。荒砥、伊予砥《いよど》、名倉砥《なぐら》、細名倉砥、内曇《うちぐもり》砥など、下地研ぎから仕上研ぎまで色々な過程に応じて、最も相応しい砥石を使う。

何の音もしない静かな時の流れの中で、綸太郎は左膝を立て、刀に対峙した。刀の方も綸太郎に身を任せている風情である。

目に見えないほどの刃ムラを除くと、綸太郎は全身の姿を整え、それから棟や鎬《しのぎ》を舐めるように研ぎ、ひたひたと女体に浮かぶ汗や脂《あぶら》を丁寧に指先で拭《ぬぐ》いながら撫でる如く、ゆっくりと磨いてゆく。

やがて、鎬筋から切っ先にかけて、磨きを入れてゆく。〝肉置き〟という刀の本質を見極めながら研がなければならない。一人一人の人間の持つ肌合いやキメの細かさが違うように、刀も一振りごとに個性がある。その扱いを間違うと、途端に刀は怒り、曇り、まるで臍《へそ》を曲げたように違うモノになってしまう。

——刀は生きとるちゅうことや。

綸太郎は細心の注意を払いながら、夜更けて朝がくるまで、飽くことなく〝歓を尽くす〟ように夢中で刀に向かっていた。

長い長い無限の時の中に沈んでいるようだった。

二

同じ夜——。

山下《やました》御門内にある老中首座・松平定信の屋敷に怪しい影が潜んでいた。

鬱蒼《うっそう》とした森の中にでもあるような、八千坪の屋敷の母家に近づいていく二人の黒装束がある。

不穏な気配に目覚めた寝間の松平定信は、ゆっくり起きあがると、床の間の刀を摑《つか》み、暗がりの中で息を潜めた。

音もなく障子戸が開くと、声を発することなく、黒い影がいきなり定信に斬りかかっていった。相手はまるで猫のように、闇の中の姿が見えるかのような素早い動きである。

だが、定信の柳生新陰流《やぎゅうしんかげ》も負けてはいない。

相手の動きが一瞬だけ止まったとき、鋭く鞘を払うと一人の腕を斬った。丁度、正面打ちを摺《す》り上げて小手を斬る形だ。そのまま、するりと相手の背後に回って肩を打つ。

「ううッ……」

黒装束は勢い余って前転をしながら、障子に体当たりするように庭に飛び出た。

もう一人が手裏剣を打とうとしたが、松平定信は隣室の屛風の裏に隠れ、相手が近づいて来たのを見計らって、体当たりするように屛風に刀を突き抜いて倒れかかった。

敵は身軽にひょいと跳び退《の》いて、二の太刀、三の太刀を落としてきたが、屛風が邪魔になって切っ先が定信に届かない。

「死ねいッ！」

喉の奥で気合の声を発して飛びかかってきた。

定信の刀は鋭く弾き返し、カキンと鉄《かね》が打ち合う音が激しく轟《とどろ》いた。しばらく声を殺して揉み合いが続いた。そのうち、騒がしい物音に家来たちが数人、押《お》っ取《と》り刀《がたな》で廊下から駆けつけて来る声が聞こえた。

「チッ」

黒装束は、中庭に飛び出て、小手を負傷した者ともども、植え込みを跳ね越えながら、松や灌木《かんぼく》を足場にして塀の外に飛び出していった。

その影をはっきりと見た家来たちは、

「追え、追え！」

と声をかけ、すぐさま追っ手をかけたが、定信は刀を拭って鞘に戻しながら、

「どうせ、追いつかぬであろう。捨ておけ」

と冷静沈着に言った。

まるで襲撃して来たのが、何処の誰兵衛か知っているかのような態度であった。

「殿……お怪我はありませぬか」

側役の佐久間孫兵衛《さくままごべえ》が取りすがるように尋ねた。

「見ての通りじゃ。かすり傷ひとつないわ。わしもまだまだ捨てたものではないな」

壮年の自信に溢《あふ》れた瞳をぎらつかせて、仕留められなかったことが残念そうに唸った
が、黒装束の太刀筋から、

――御庭番だ。

と睨《にら》んでいた。

御庭番を放つのは、将軍しかいない。十一代将軍家斉の仕業でしかありえない。

だが、定信は腹心の部下にすら、そのことは口に出さなかった。将軍と老中首座の確執が、いまだに燻《くすぶ》っているとは誰にも思われたくないからである。

本来なら、将軍の座は御三卿《ごさんきよう》筆頭格の田安家《たやす》の松平定信のものであったにも拘わらず、奥州白河藩《しらかわ》に追いやられた。その隙に、一橋治済《はるさだ》が、自分の子の家斉を将軍の座に据えたことで、〝いがみ合い〟は始まった。田沼意次《おきつぐ》の入れ知恵でもあったのだが、定信の怒りの矛先は、家斉に向かっていた。

いや、家斉が将軍の器に相応《ふさわ》しく、政《まつりごと》にも真面目に取り組んでいるのならば、定信とて不満には思わない。

「私心を捨ててお助けする」

気持ちであった。しかし、権力の座についた途端、幕閣はもとより、江戸町民や領民のことなどには無関心。我が儘《まま》な振る舞いを続ける上に、大奥に引っ込んで欲情三昧《ざんまい》の暮らしとは天下人には相応しくない。

――徳を以って治めよ。

と常々言っていた祖父吉宗《よしむね》公の言葉を守らないどころか、その反対を実践している、心の中はまさに卑しい人物だということは、誰もが思っていた。

もって生まれた将軍としての器量も、政を司る才覚も、家斉より定信の方が遥かに上回っているということは、徳川一門のみならず幕閣連中も承知していた。それゆえ、大奥に入り浸って、ろくに政を顧《かえり》みない将軍を補弼《ほひつ》するがために、定信を江戸に呼び戻したのだ。

——幕府の舵取《かじと》りをできるのは定信しかいない。

その期待どおり、定信は慈愛溢れる賢者ぶりを発揮して、後の世にいわれる『寛政《かんせい》の改革』を断行していた。

とはいえ、そのやり方は、祖父である八代将軍吉宗の真似であって、質素倹約を旨《むね》とした緊縮政策だった。

庶民への救援として積立金をさせたり、江戸にあぶれた農民を村に帰して米の生産増強をはかったり、公金の貸付をして貧困からの脱却をさせるなど、一定の効果はあったものの、棄捐《きえん》令など武家を守る法や庶民を統制する厳格さに、町人たちは辟易《へきえき》としていた。

さすがに慈愛に溢れた定信でも、

「……庶民というものは、難しいものよのう」

と気弱になるところも、側近には見せていた。

それでも松平定信は、家斉を監視下に置きながら、己が信ずる改革を執り行ってきたのである。まだまだ幕府内では、権力と権威を持っていた。だから、家斉としては、面白くないのである。

——ゆえに、御庭番を使って、消しにかかったか。

と定信は勘繰ったのである。

しかし、松平定信は、将軍や幕閣はもちろんのこと、御庭番十八家すら知らない秘密の〝草の者〟を持っていた。奥州白河に、実質、流されていた定信が、徳川幕府に対して疑心暗鬼になった頃から、隠密裡に抱えていた者たちである。

その一人が、小石川養生所の女医師・志津《しず》であった。

小石川養生所は徳川吉宗の治世に作られた、貧しい者たちを診《み》るための〝公共医療機関〟だが、養生所廻り同心がいるように、町奉行所との繋がりは密である。ゆえに、町場を視察する隠密行為をする際には、隠れ家として好都合でもあった。

九代家重《いえしげ》の時代になってからは、その役割はなくなったが、松平定信は、

――町人の動向や心情を知るために格好な場所。

だと判断して、公儀隠密として医師を送り込んでいた。時には、咎人《とがにん》などが病人のふりをして逃げ込むこともあったからだ。

「ありがてえこった。志津先生は、まるで観音様だよ」

「んだ。医は算術なんぞという世知辛《せちがら》い世の中……志津先生のような心根の優しいお医者様はいねえ」

などと患者たちは心底、感謝している。まさに観音様に対するように合掌して、南無阿《なむあ》

弥陀仏《みだぶつ》と拝む者もいた。

「あらあら、まだ私を殺さないでいてね」

にっこり微笑む顔がまた愛想があり、急患が出れば当然のように駆けつけるし、真夜中に叩き起こされても、嫌な顔ひとつせず困った人の面倒を見る。まさか松平定信の密偵とは、誰も思わないであろう。

しかも、ただの密偵ではない。事と次第では、

——暗殺をする。

こともあるからである。

もちろん、幕閣に一切、知られていない存在だった。定信の私的な存在ゆえである。

「いやあ、本当に観音様だア。できれば、こっちの観音様も、拝みたいもんだなや」

と助平顔丸出しで、志津のお尻に手を伸ばしたのは、オコゼの玉八だった。

もちろん、尻に到達する前に、玉八の手はバシッと弾き返された。

「いててッ……本気で叩くことないでしょ、志津先生！」

「あら、蚊《か》が飛んで来たかと思った」

「もう秋ですぜ。蚊がいる訳がねえでしょ、蚊が」

玉八は叩かれたことだけでも、まんざらでもないらしく、赤くなった手を嬉しそうに眺

めていると、頭をポカンと叩かれた。

芸者の桃路が見舞いに来たのである。もちろん芸者姿ではない。普段の桃路は、洗い髪を椿細工の簪《かんざし》一本で束ねただけの、さっぱりとした小綺麗な町娘なのである。知らぬ人が見れば、すぐに啖呵を切る鉄火肌には見えず、箱に入れて置きたいような娘に見えた。

「こんな所まで来て、何やってンのさ」

「え、へえ……志津先生と桃路姐さん……うむ。いずれ菖蒲《あやめ》か杜若《かきつばた》……悩むなあ」

「ずっと悩んでなさい」

と志津にあっさり言われて、玉八は頭をぼりぼり掻いたが、イテテと体が固まった。

一昨日、二階座敷で客に飲まされ、ドジョウ掬《すく》いをしている途中に、廊下に転がり出て、そのまま階段から滑り落ちて腕や足に怪我をした。その折、酒の飲み過ぎで弱っていた肝臓や膵《すい》臓も一緒に診てもらったら、酷い状態ということなので、しばらく休養していたのだ。

「あんたみたいな人がいたんじゃ迷惑だ。もっと可哀想な人がいるんだから、とっとと帰るよ。さ、おいで」

と半ば強引に桃路は手を引っ張ったが、

「まだ、あちこち痛いンですよ、姐さん……あと一晩、いや二晩……」

玉八はまだ志津と一緒にいたいという下心が見え見えだった。

「ばか言うンじゃないよ。まったく、おまえって奴は……」

と言った桃路の目が、ふと中庭の松の木を剪定《せんてい》していた植木職人に留まった。仕事よりも、ずっと診療所の志津の方を気にしているようだ。

「?……」

桃路の視線に気づいた植木職人は、志津から目を離し、わざとらしく鋏《はさみ》の音を立てて仕事を続けたが、どうみても、

——志津を見張っている。

という態度だった。

志津の方も実は勘づいていた。このところ、ずっと誰かに見張られている。住まいの長屋に戻ったときも、往診に出かけるときも、誰かに尾けられている気がしていた。

「志津先生……?」

玉八が訝《いぶか》しげに志津の横顔に声をかけた。

「どうしたんです。みんなのことばっか心配して、疲れてンじゃありやせんか。怪我が治ったら、俺が肩を揉んであげますから」

「え、ええ……」

曖昧な微笑で頷く志津を見て、桃路は何かあるなと勘づいた。もう一度、玉八をはたいて、強引に引っ張って帰ろうとしたのだが、

「桃路さん、無茶はいけません。玉八さんは大怪我なんですから」

と窘《たしな》められた。桃路は乱暴な口調で、

「いいですよ、こんな奴」

「いけませんよ。相棒なんでしょ、大切にしてあげなくては」

そう優しく言う志津であった。玉八はいい気になって、ほら見ろ、という顔で桃路に舌を出した。

三

その夜、桃路は志津から、大切な話があると誘われて、診療所を一緒に出た。

「大切な話というのは、玉八さんのことなんです」

「玉八の？」

「ええ。とにかく、お酒は控えた方がよろしいようですね」

「どこか悪いのですか」

「色々と……かなり無理をしてるのではないかしら」

「無理……」

「ええ。幇間という仕事は、人を笑わせるためにニコニコしているけれど、心や体はかなりぼろぼろになると聞いたことがあります」

「玉八の場合は、うまれつきアホですから」

「そんなふうに言っては可哀想ですわ。きっと一生懸命、頑張っているのだと思います。なんとなく分かるんです」

「え……？」

「きっと、桃路さん……あなたのことを、心から慕《した》っているんですよ。姐御としてではなく、女として……」

桃路も感じてなかったと言えば嘘になる。

しかし、男として見たことはない。綸太郎のことは、初めて出会ったときから慕っているが、玉八は自分の子分格としか考えたことがない。

「だったら、志津先生、玉八のこと、亭主にしたいと思いますか」

「……私は惚れられてないですもの」

「まあ、うまくかわしましたね」

桃路が苦笑したとき、路地からいくつかの人影が現れた。辻灯籠はまだ半町程先だから、暗くてよく見えない。しかし、桃路にはその中の一人が、

――昼間見た植木職人だ。

と分かった。ならず者風の男たちばかりで、匕首《あいくち》を手にしている。

「志津先生……あの男、左端の……あいつ、養生所にいた植木職人よ。先生のこと、じっと見てた」

桃路が小声で言うと、志津も消え入るような声で返した。

「そのようね……」

「気づいてたのですか」

「なんとなくね……」

ならず者たちは何も言わない。無言のままで刃物を抜き払って、とにかく殺す、という勢いで二人に向かって来た。桃路が志津を庇《かば》うように素早く前に出て、一人の腕を摑《つか》んで押しやると、

「やいやい！　大の男がよってたかって、か弱い女をいたぶろうってのかい!?　あたしゃ神楽坂芸者の桃路だ。聞いたことある奴もいるだろう、エッ！　怪我しねえうちに、とっとと帰ンな！」

と啖呵《たんか》を切ったが、男たちはやはり無表情のまま問答無用とばかりに、匕首を突きつけてきた。闇という黒布を切り裂くように、鋭く刃先が桃路の胸元に現れたとき、

「おやめッ」

と声を殺して言うなり、志津の手が、匕首を握るならず者の腕を一瞬のうちにねじ上げて倒した。そして、一斉に躍りかかってくるならず者たちの鳩尾《みぞおち》や喉、心の臓、金的など、急所を的確に打って、あっという間にぶっ倒した。

「う、うそッ……」

唖然と見ている桃路の腕を取って、志津は先に進んだ。

「志津先生、お強いんですね……」

「女一人で生きてるとね、色々と危ない目に遭うから、護身術よ」

志津は忍びの訓練を受けた女である。ならず者ごときが相手になるわけがなかった。もちろん、そのことを知らない桃路が驚くのは無理もない。

「護身にしても……」

強すぎると感心していたとき、目の前に、今ひとつ人影が立った。すらっと背の高い、着流しの浪人風だった。

ハッと立ち止まった志津は、幽霊でも見たように立ち尽くした。

「――志津さん」

相手は木訥《ぼくとつ》とした声で、女医の名を呼んだ。

「随分、探したぞ」

「………」

「まさか、小石川で医師をしていたとは……」

志津は何も答えず、じっと相手を見据えて、

「今のならず者たちは、あなたが差し向けたの？」

「違います。私は、お嬢様をずっと探しておりました。そして、密かにお守りしておりました」

「お嬢様？」

驚いたのは桃路の方である。

もっとも、桃路は志津のことを深く知っていた訳ではない。前々から、献身的な女医だと思っていたが、それだけのことである。今般、玉八が世話になって、益々、その思いを強く抱いていた。

「お父上はずっと、志津様……あなたを探しておいでです。どうか、家に帰って来てはくれませぬか」

志津は相手をじっと食い入るように見つめて、

「いいえ。今更、帰ることなどできませぬ。私には……」

「やらなければならない使命がある」

「分かっているなら聞かないで下さい」

「しかし、それは医者の仕事ではない……」

志津は桃路に聞かれてはまずいとばかりに、浪人風を押しやって、

「余計なことを言うと、あなたでも承知しませぬぞ」

「私を斬る、とでも？」

「…………」

「それとも、実のお父上をも亡き者にいたしますか」

「いい加減にしなさい、要之助《ようのすけ》ッ」

少し険しい口調になった志津に、要之助と呼ばれた浪人風は苦笑を浮かべて、

「久しぶりに名を呼んでくれましたね……とにかく、一度、家に帰って下さい。つい先頃、家宝の刀が何者かに盗まれました」

それが何だという顔をした志津に、要之助は続けて言った。

「家臣の者たちも鋭意探しておりますが、まだ見つかっておりません。このままでは、父

上は責任を感じて、腹を切る覚悟でございます。それを止めることができるのは……志津さん、あなたしかいない」

「！……」

「せめて、家宝の刀が見つかって戻って来るまで……昔のお嬢様のままで、お父上のもとに帰ってあげてはどうですか」

要之助は、志津がただの医師ではなく、草の者として松平定信に仕えていることを知っているかのような口ぶりで言った。

「どうなのです？」

「………」

「お父上は、今のあなたの……」

少し言い淀んでから、要之助は続けて、「お嬢様の立場を何も知らない。だから、私も何も言うつもりはありません。ただ、あの気丈だったお父上もさすがに歳をめされた。さあ……行っておあげなさい」

要之助は志津の背中を押すように言ってから、桃路に向き直って、

「この志津さんは、ただの医者ではありません……勘定奉行まで務めた旗本、秋野伴内様の一人娘なのでございます」

桃路は、道理で上品だと思っていたと洩らしたが、志津は険しい顔を崩さないままだった。旗本の娘が、町医者になったのには何か深い訳があると察して、桃路は何も言わなかった。が、

——要之助さんは志津さんに対して、ただならぬ思いを抱いている。

と桃路は感じていた。

四

それから数日後、秋らしく冷え込みが厳しくなった朝、神楽坂咲花堂に、ある男が訪ねて来た。いかにも武骨そうな男で、ガッチリとした体軀《たいく》の二本差しの侍だった。だが、誰かの家臣というわけではないらしく、革の陣羽織に短袴の姿は、まるで戦国武将のようないでたちであった。

「拙者、富田市兵衛《とみたいちべえ》と申す、日本橋茅場《かやば》町にて鞍馬《くらま》流の道場を開いている者でござる」

鞍馬流とは京八《きょうはち》流の流れを汲む剣法で、回転して、一瞬にして相手の刀を巻き落とすのが必殺技のひとつであった。武器を落とした相手を倒すのは容易《たやす》いことだ。

「道場の方が、何か……」

綸太郎が怪訝《けげん》に問いかけると、富田はさすがは本阿弥家に繋がる上条家の御曹司だと、その物腰や態度を見抜いたように感心して、

「実は……松平定信様の使いで参った」

と少し声を低めて言った。

「松平……御老中の」

「さよう。ちょっとよろしいかな」

「一向に構いませぬが、どうぞ」

店内に誘うと、富田は番頭に話を聞かれたくないからと言って、すぐ近くの料理茶屋に一席設けたという。

「こんな朝っぱらからですか？」

「そこの『松嶋屋』です」

「ああ……」

松嶋屋ならよく知っている。主人に誘われて、『神楽坂もずの会』で何度も通っている料理茶屋だ。

朝餉《あさげ》の会というのもあり、早起きした人たちが集まって、朝炊きの御飯や時には粥《かゆ》などを、簡素な惣菜や梅干しだけで食べるのである。老人には散歩と軽い食事という体によい

習慣であった。

綸太郎が富田に招かれて入ったのは、鯉《こい》が数尾、優雅に泳いでいる小さな池に面した離れだった。

松嶋屋は奥が深い。大勢で宴会を催す広間があると思えば、神楽坂の路地を思わせる通路が輻輳《ふくそう》して、隠れ家のような小部屋が幾つもある。

この池の前の離れは初めてだったが、池というより生け簀《す》だな、と綸太郎は思った。事実、鯉は鑑賞するものではなく、洗いや鯉こくにして食べるためのものであった。

「早速ですが、お願い事がございます」

富田は丁寧な物言いで、物腰も低いが、寄らば斬るという張りつめた雰囲気が漂っていた。刀は相手に危害を加えるつもりはないという礼節のために、右膝の横に置いてある。

「願い事？　松平様が私に？」

綸太郎が訝しげに尋ねると、

「さようでございます。あなたしか、おりませぬ」

と富田はすぐさま言って、覗《のぞ》き込むように、「あなたは、いつぞや上様が危難に遭われた折に、まさに機に臨み、変に応じて、賊《ぞく》を倒しました……」

幕府に怨みを持った元御庭番が、江戸城中の将軍の寝所を襲ったことがあり、それを見事に退治したという事件があった（「鬼火の舞」――『御赦免花』所収　祥伝社文庫）。もちろん、それは綸太郎のなせることではなく、〝鬼火一族〟という闇の一族による解決であった。江戸町民は知るべくもないことだが、幕府内部では、

――綸太郎が華麗に片づけた事件。

として語り草になっていた。

「あの一件から、とみに松平定信様は、あなた様に一目置かれておるのです」

「買い被《かぶ》りでございましょう」

「いいえ。本心からでございます。ですから、今般のことも是非にお力をと……」

「私に、そんな力などありまへん。第一、時の権力だの権威だのに関わる者には近づきたくないというのが、本心です。毛嫌いしているのとは違います。目利きとして矜持《きょうじ》を保っておきたい。それだけのことでおます」

「なるほど。さすが、松平様が敵に回したくない人だと、おっしゃるだけのことはある」

「敵に……？」

怪訝な目を向ける綸太郎に、富田は余裕のある笑みをこぼした。わざと牽制《けんせい》をしているようにも見える。

「さようでございます。綸太郎さん、あなたを敵に回せば、それこそ本阿弥家の〝闇の

力〟とやらも敵に回さねばならなくなりますからな。老中の一人や二人、首をすげ替えるだけのことで済むことですから」

「何の話をしているのどす?」

綸太郎には本当に見当がつかない。上条家も本阿弥家の分家である限り、様々ないにしえからの〝宿痾《しゆくあ》〟を抱いていることくらいは知っている。

しかし、時の権力者とか、闇の覇者《はしや》とかいう観念には、とんと興味がない。深く関わりたくもなかった。

「備前白山長虎……」

唐突に、富田が口に出した。その言葉に、綸太郎は異様なほど反応した。相手はそれを見定めたような目になって、

「備前白山長虎という名刀をご存じですかな? いや知らぬはずはありますまい」

「ええ。よう知ってます」

「よく知ってる……」

「へえ。刀剣目利きやさかい、それくらいは」

「そうですか……しかし、本阿弥家から、上条家に伝わっていたもの、と聞いたことがありますが」

探るような表情になって、富田は運ばれて来たばかりの粥を、ほんの少し口に含んだ。途端、ふっと小さな溜息をついて、うまいとつぶやいた。

この店の粥は、残り物の御飯を粥にするのではなく、初めから粥に炊くのである。米の甘みが、そのまま口の中で花開くから、漬け物などの塩気はいらない。

富田は甘みをさらに噛んで、増した甘みを堪能するように目を細めしから、

「その備前白山長虎が、なんと……松平様のもとに届けられたのです」

「!?……どういうことで」

「さる大名からの献上品として、持って来たというのです」

「さる大名……」

「越後河鍋藩《えちごかわなべ》……綸太郎殿も察したとおり、その昔、家臣同士が斬り合って、十数人が死ぬという惨事があった藩です。その頃は、その藩主が、備前白山長虎を持っていた」

「へえ……」

「その後は何処に行ったのか分かりませんが……」

ともう一度、探るような目になった。

「なぜか近年になって一橋家に渡り、その後、旗本の秋野伴内に下げられた……ところが、秋野の屋敷から、数日前にその名刀が盗まれたらしいのです」

「…………」

「それが、松平様のもとに、元の持ち主の河鍋藩から届けられた。妙な具合でございましょう？　盗まれたものが届けられるなんて」

「では富田様は、河鍋藩が旗本の秋野様から盗んだ、とでも？」

綸太郎が疑念を抱きながら尋ねると、

「それが分からぬから、綸太郎殿、あなたに相談をしたいのです。つまり……その刀は、秋野伴内から盗まれたものなのか、そして、それは本物かどうか」

「本物か、どうか……」

「はい。贋物なら、これ結構なこと」

「と言うと？」

「そりゃそうでございましょう。贋物ならば、妖力もない。さすれば、災いが松平定信様に及ぶこともありますまい。しかし……」

「しかし？」

「本物ならば、なんとか善処せねばならぬし、秋野に返すのは当然としても、河鍋藩からの献上品である以上は、秋野にそのまま返すわけにもいかぬ」

「…………」

「だから、どうすればよいか……そのことを、綸太郎殿の真贋を見極める目におすがりして、処理はその後に考えようかと、殿は申しておるのでござる」

綸太郎は答えるのを少し躊躇《ちゅうちょ》して、粥には手を伸ばさずに、膳にあった生麩《なまふ》を煮たのを摘《つま》んで口に含んだ。少しだけ取り出して池に放り投げると、鯉が一瞬のうちに飲み込んでしまった。

「生を踏んだか……」

と綸太郎がつぶやくと、富田は首を傾げて何を言いたいのだと見ていた。

生を踏む、とは京の言葉で、疲れ果てるという意味合いである。麩を練るには、大人の男たちがヘトヘトになるまで踏み続けることが必要で、コシが強くてモチモチしたものは、その努力があってできる。刀匠の鉄を叩くのとも似ているかもしれない。

妖刀と呼ばれる備前白山長虎を盗んだのはいいが、持ち疲れたのかもしれない。それで誰かに文字通り〝投げ出して〟しまったのか。それとも、誰かが意図して、

——松平定信に災いを及ぼしたい。

がために、越後河鍋藩を通して、妖刀を届けたとも考えられる。

だが、天下人ともいえる松平定信ともあろう人物が、たった一振りの刀の〝秘力〟に怯えるのも妙な話だ。裏にはよほどのことがあるに違いあるまい。

――たとえば、命を狙われる危難が迫っているとか。

そんな綸太郎の想像を察するかのように、富田は頷いて、

「先日、何者かが松平様の命を狙って、屋敷を襲って来ました」

「！……」

「これは私の推測に過ぎないが、恐らく妖刀の仕業に見せかけて、何者かが松平様の御命を奪いに来たのではないか……そう思うているのです」

綸太郎は腰が引けた。関わりたくないというのが、素直な偽らざる気持ちだった。

「そういうことならば、本阿弥本家に目利きをして貰えばいいではないですか」

「幕府目利所の本家が、正直に言うとは思えませぬ」

「何故に」

「本物ならば、妖力があるゆえ、それなりの対処をして、出所を確かめねばなりませぬ。贋物ならば、それは最初に秋野に拝領させた一橋家の威信に関わるどころか、贋の妖刀にかこつけて松平様を狙おうとした意図が浮かび上がります」

「………」

「となれば、松平様の権威が失墜します。そうしないためには、一体誰が画策したか、を幕府は念を入れて調べなければならない。さすれば……浮かび上がるのは……」

富田は口にこそ出さなかったが、

――上様かもしれない。

と言いたげであった。将軍家斉にとって、松平定信は、うるさい存在でしかなかったからである。

しかし逆に、綸太郎は思った。その証拠を摑めば、松平定信自身が、家斉の陰謀を知って、なんらかの形で将軍の座から引きずり下ろすこともできるからだ。

だが、綸太郎は何も言わなかった。

「如何ですかな……手を貸していただけるか」

「いや。俺なんかより、もっと相応しい人がまだおるではないですか」

「はて？」

「日本橋利休庵の当主・清右衛門さんでございます」

と綸太郎が言った途端、富田は鼻で笑って、

「それは、なりませんな」

「どうしてです」

「一橋様に、備前白山長虎を売ったのが、利久庵だからです」

「！……」

「如何でござる、綸太郎殿。あなたにしか頼むことができないのです……」

「将軍家であれ、なんであれ、お武家の争い事には関わりとうありまへん」

「武家の争い？　いや、これは本阿弥と上条……目利きの争いとも思いますがね」

富田が綸太郎を凝視する眼差しは、備前白山長虎の本物を持っているのを知っているかのような、人の心の奥を抉《えぐ》るような強い光を放っていた。綸太郎は睨み返すようにじっと座っていたが、

「よろしいでしょう……拝見してみましょう」

と大きく頷いた。

——俺も試されている。

綸太郎はそう感じたが、利休庵が贋物を売ったならば、もはや後に引けなかった。

「ところで、富田さんとやら、あなたと松平定信様はどのような……？」

関係かと聞きかけたが、答えそうもない。綸太郎が、女医者の志津と富田が同じ、松平定信の白河以来の〝密偵〟とは知るはずもなかった。

五

日本橋利休庵が、名刀備前白山長虎を一橋家に売った経緯を知りたいために、清右衛門を訪ねようと思った。

その矢先、その凄惨《せいさん》な事件は起きた。

松平定信の家臣数人が、下屋敷内で斬り合った挙げ句、四人が死んだのである。

案の定、松平家のある家臣が妖刀を握ったがために、いきなり同輩に斬りつけ、そのまま次々と殺した上で、自分も首を斬って果てたという噂が流れ飛んだ。

綸太郎はそれが事実であったのならば、家臣を殺したのは妖刀ではなくて、何者かが仕組んだことと断ずる他なかった。なぜならば、備前白山長虎は、綸太郎が所持しているからである。

利休庵は日本橋の大通りに面していて両隣は呉服問屋の大店である。

季節に応じて変わる暖簾の形や渋みにも工夫があり、一見すると書画骨董を扱う店ではなく、廻船問屋でも営んでいるかのような威風堂々とした店構えだった。

「それにしても、偉いことが起こりましたなあ、若旦那」

と利休庵の主人清右衛門は、恰幅《かっぷく》のよい体を揺らしながら、わざとらしく慇懃《いんぎん》な口調で挨拶をしてきた。

元々は、綸太郎の父親の下で働いていた男だが、希《まれ》にみる野心家で、刀剣目利きや骨董鑑定を出世の道具にして成り上がった。

しかし、幕閣や大名、豪商などを後ろ盾《だて》にして商売をしていることや、その生き様を四の五の言うつもりは綸太郎にはない。

骨董という商いには多少の胡散臭《うさんくさ》さはつきものだ。売る方も買う方も、己の眼を信じて取り引きするしかない世界ゆえ、騙《だま》し騙される、というのとは違う。しかし、〝窃盗、骨董、強盗〟と後の世では言われたように、悪事と同列に扱われる危うさもある。だからこそ余計に折目正しく、心清らかにしておらねばならない。

「なんですか、若旦那。また、いつもの辻説法でしょうか？」

と綸太郎が心の中で思ったことを見抜いたように、清右衛門は冗談混じりに言ってから、

「あれでしょ。松平様に渡った、例のもののためにいらしたのでしょう？」

機先を制してきた。この名刀が〝世間に出た〟ときから、綸太郎が訪ねて来ることは予《あらかじ》め見越していたとみえる。

「そうや、清右衛門……」

父親の使用人であったから、今でも綸太郎は年上であるにもかかわらず、清右衛門を呼び捨てにしている。

「おまえは、どこから備前白山長虎を仕入れて一橋様に売ったのや」

「やはり、そのことですな？」

「でなければ、こんな所には来とうない。どうなんや、備前白山長虎をどこから手に入れたか教えてくれ」

「遡《さかのぼ》って教えろというのは、為替《かわせ》や手形やあるまいし、どこから出たかなんてことは、この商いでは言う必要ありません」

「だが、おまえが売った妖刀が、人を殺したのは事実やろ」

「そんなこと言われましてもな……」

と清右衛門は片腹痛いとでも言うように、冷たく唇を歪めて、

「一橋様には、たしかにお譲りしましたが、その後に、旗本の……秋野様でしたか、そのお方に下げ渡したことなど知りませんでしたし、そこからまた盗まれていたことなども、知りませんでした」

「ほんまか」

「嘘をついて何になりましょう。刀はさらに越後河鍋藩に渡って、老中の松平様に献上されたそうですが、私には一切、分からないことですし、関わりないことです」

「それと同じことを、奉行所でも言えるか？」

「は……？」

「同じことを奉行所でも言えるか、と訊いてるのや」

清右衛門は露骨に不愉快だという顔になって、

「なんだか、まるで私が悪いことでもしたような言い草ですな」

「場合によってはな」

「どういうことですかな」

「ええか、利休庵……」

綸太郎も真剣な目で見据えた。

「備前白山長虎の妖しい力で、人が殺された……ということになってるのや。つまり、おまえが渡した刀が人を斬った」

「刀が斬ったのでしょ、妖刀が！」

「ああ。ほんまもんの妖刀なら、さもありなんやろ」

「!?……」

「しかしな、偽造された刀やったら、ただの人殺しの道具やがな」

清右衛門はぽつり、人殺しの道具という言葉を繰り返した。綸太郎は常々、刀は道具ではないと言っている。

「武士の心や……ああ、心や。そう親父にも叩き込まれたはずやがな」

「…………」

「鍛え肌、地景《ちけい》、湯走り、映り、金筋、稲妻……そんな色々なもんが地鉄や焼刃に揃うて名刀になるんやないか。潤いだの、艶だの、冴《さ》え味なんてのは、誰が作るのや？　刀匠ではない。俺たち、刀剣目利きでもある研師やないか」

ふてくされた顔の清右衛門は、若造が何を偉そうにと、今にも噴火しそうである。

「道具なら磨けば磨くほど、摩《ま》滅《め》るはずや。そやけど、心は違う。玉と同じで、磨けば磨くほど光る。輝く。透き通る……丁度、人が成長してゆくようにな」

「承知してますよ、それくらい」

「だったら、一橋様に渡したのが贋物やと、なんで見抜けなかったのや」

「本物ですッ」

と清右衛門は腹の底から絞るような声を出して、「それとも、若旦那は私の見る目が曇ってたとでも言いなさるのですか」

「そこまで言うのなら、きちんと証を見せて下さい。私が渡した刀が、贋物だったという証を出してくれませんか。私だって、この両眼《りようまなこ》で、勝負して生きているのです」

清右衛門は自分の目を指して、今にも立ち上がらん勢いであった。

「松平様の所に渡ったその刀を、俺が見ることがない。おまえはそう踏んでるから、そんな強気なことを言うのやろ」

「ああ。曇ってるな」

「えっ……」

「あれは人殺しの道具や。そやさかい、町方で、〃凶器〃として調べることになっている。それを俺が鑑定することになってるのや」

「………」

「そして、その備前白山長虎とやらが、旗本の秋野様の屋敷から盗まれたものと判明した暁には、一橋様が渡したもの、つまり、清右衛門、おまえが、備前白山長虎と〃折紙〃をつけたものということになる。その折紙だけは、盗人は奪ってないからな」

「――もし、その刀が人を斬ったとして、私に何の罪がありますので？」

「そこまで言わせたいか……」

綸太郎は差し出されていた茶を一口含むと、プッと縁側の外に吐き出した。無礼な態度

である。もちろん、わざとしたのだが、一瞬、腹を立てた清右衛門に、

「すまん、すまん。余りにも不味《まず》い茶だったからな……まさか、こんなもんを飲まされるとは思わなかった。茶葉を見る目ものうなったか」

「若旦那。話を逸らさないで、答えて下さい。私に何の罪が⁉」

「知らんとは言わさへん。妖刀話を利用して、松平様を狙うことに、おまえも一枚、嚙んでたとしたら、話は別や」

「…………」

「いや。それ以前に、万が一、贋物作りに荷担してたとしたら、もっと偉いこっちゃ。贋作は、〝獄門《ごくもん》〟や」

御定書六十七条にそうある。もちろん、綸太郎たちが見ることはできない。御定書百箇条は幕閣や奉行らが、いわば独占的に持っているものであって、今の六法全書のように町人たちが手にするものではなかった。

だが、どこからともなく、その写しが市井《しせい》に流れていて、どういう罪を犯せば、どんな処罰を受けるかは、誰もが概《おおむ》ね承知していた。罪人にならないために、〝自己防衛〟していたのである。連座制はなくなっていたとはいえ、それが安寧に暮らす知恵だった。

「どないや……首が痛いでぇ……もし、そういうことになったら、それこそ妖刀を騙《かた》った

崇《たた》りやもしれへんな」

綸太郎が意味ありげに詰め寄って、もう一度、尋ねた。

「なあ、おまえは一体、誰から、備前白山長虎を手に入れたのや。豆蔵《まめぞう》か」

豆蔵——。

という名を聞いて、清右衛門はほんの一瞬だけ、目が泳いだ。

豆蔵とは、書画骨董を扱う者ではないが、よく利休庵に名器と呼ばれる茶碗や香炉などを持ち込んでいると噂されている男である。

「はてさて、誰だったか、忘れてしまいましたわい。歳は取りたくありませんなあ」

「なるほどそうか……ようう分かった。あれだけの名刀を何処から仕入れたかも忘れたとは、その程度の値打ちやということやろ」

と綸太郎は皮肉を言ったが、清右衛門はまったく応えない様子だった。

——もっと何か裏があるな。

綸太郎はそう思わざるを得なかった。

六

松平定信から預かったという備前白山長虎は、北町奉行を通して、鑑定のために町方与力に渡り、そして今は、同心の内海弦三郎の手の中にあった。

富田が密かに頼みに来た鑑定だが、公に堂々と見ることとなった。もっとも、本来なら、松平家で起こったことゆえ、家中のみで処理すべきことだが、

――贋作と関わりがあるかもしれない。

ということを理由に、綸太郎が刀の真贋の鑑定ならびに、本当に殺しに使われたものかどうかも、検死の医師ともども、調べたのである。

松平定信の家臣の一人が持ち出して、他の家来たちをいきなり斬りつけた刀は、〝備前白山長虎〟だということは間違いがなさそうだった。

しかし、綸太郎は目の前の刀を見て、

「これは、備前白山長虎ではない。明らかに贋物や」

とまさに一刀両断に〝折紙〟を切って捨てた。

「に、贋物……」

鑑定に立ち合った内海は、贋の名刀を眺めながら深い溜息をついた。

「それにしても、よく出来ているではないか……この細工……彫り物というのか……吸い寄せられるようだ」

たしかに凄い出来だと綸太郎も感心した。刃艶、地艶、反り、鎬などは当然だが、驚いたのは彫り物である。どこかで本物を見て、〃刀拓〃でも作って参考にしない限り、ここまで緻密に真似《まね》ることはできない。

しつらえだけではなく、これだけの光沢や渋み、切っ先の流れ具合などを見ると、かなりの腕前の研師が手入れしていたようである。

——その研師も騙されるほどの逸品。

ということであろうか。

人を斬ったために脂で曇ったのは除去したものの、どうしても〃匂い〃が違う。血の匂いではない。本来、その刀が持っている地鉄の匂いである。

人によって肌の匂いや感触が違うようなものだ。重みも贋物の方がわずかに軽く柔らかい感じがした。

「違う……俺はずっと、ほんまもんをいじってきたから、分かるのや」

と心の中でつぶやいた。

刀を抜くときは、刃を上にして鞘から出さなければならない。刀身が傷むからだが、鑑賞されたことがないのであろう。綸太郎が触れた感じでは、大切に扱われた様子はない。柄巻《つかまき》や目釘《めくぎ》を抜き、さらにハバキを外して鍔《つば》などの刀装具を取ると、裸になった刀身をしみじみ味わうために、油を取り、打ち粉を打って、さらに軽く拭う。手慣れた仕草で綸太郎は続けながら、光にあてがうように目線の高さに刀身をまっすぐかざす。もちろん、刃は上に向けたままだ。

すると、竹藪《たけやぶ》の雀の彫り物が光を反射しながら、様々な紋様に変わり、浮き上がった。

「みごとだ……」

この刀身や細工の輝きを見て、本物と贋物を区別するのは難しい。それほどによく出来たものだった。鎬筋、棟、横手、刃文、切先の有様を眺めても、

——完璧《かんぺき》に模している。

としか言いようがない。

しかし、茎《なかご》に刻まれている銘が違う。

刻銘は、研ぎから戻って来た刀の、仕上がりに納得して初めて、刀匠が自分の銘を入れる。これを銘切りという。

すべてを終えたという万感迫る思いを、刻み込むのだ。

だが、〝間違い〟が起こるのは、その時である。

真似るのなら、最後まで徹底して模倣すればよいものを、贋作者は必ず、どこかに痕跡を残す。

それは、贋物を作ったという後ろめたさもあろうが、大概はその逆である。

「これは、俺が作ったのだ。他の誰でもない。この俺が、備前白山長虎の〝贋物〟を誰にも分からぬように作ったのだ」

という密《ひそ》やかな名誉欲である。

誰からも評価を得ることがない。贋作ゆえに褒《ほ》められたとしたら、それは失敗作である。長虎を模したのなら、長虎のまま永遠に残らねばならない。

だが、そのことは、この世の中で唯一、自分だけが知っている。他に誰も気づいていない。その密かな心の高ぶりと喜びを、贋作者はどうしても抑えることができないのだ。

だから、残す。わずかな、ほんのわずかな違いを、わざと刻む。あるいは、滴のような一点を刻まないで完成品とする。

その〝痕跡〟が命取りになることもあるのだ。

「しかし、このまま妖刀のせいにして、事件の幕を引いて、この刀を潰してしまえば、すべては片づくかもしれない」

という思いが、綸太郎の脳裏によぎった。本物の備前白山長虎を表に出すことなく、秘匿《ひとく》できるからである。それもまた、名刀に惹かれたことによる、欲がなせる愚考だった。

贋作者が誰であるかということを放置しておくわけにもいかぬし、この刀が贋物だと明らかにして、事件の真相解明の手助けもせねばなるまい。

「内海の旦那。繰り返しますが、これはたしかに贋物です。つまり……」

「つまり、松平定信様の屋敷で起こったことは、妖刀の仕業ではなく、誰かが仕組んだこと、ということだな」

「そうです。屋敷内でのカラクリは私には分かりませんが、この刀を作ったのが誰かは……利休庵が知っているはずどす」

「日本橋のか」

「ええ、私には隠して、何一つ話しませんが、前々から利休庵に出入りしていた業者の中で、気になっている人物がおります。そいつが、贋作に関わっているかもしれまへん」

「誰でえ、それは」

「豆屋の花蔵《はなぞう》……通称、豆蔵というのですが、大豆や小豆を扱っている者です。いえ別に卸し屋ではありまへん。相場の方ですわ、先物買いの」

当時は、大豆や小豆に限らず、江戸近郊で穫《と》れる茄子《なす》や瓜《うり》、大根などの青菜も、今でいう投機の対象にされることがあった。

豊作不作によって、損をしたり得をしたりするが、幕府が安定させていた米相場とは違って、金持ちの間では利鞘が大きいこともあって人気があった。豆蔵はそこに目をつけて、人から金を集めて運用していたのである。

ただ、失敗すると騙り扱いにされて、お上からも、財産没収の上に入れ墨をされて追放されたり、それによって死者が出たりすれば、贋作作りと同じで、獄門に晒《さら》されることもあった。

「その豆蔵は相場で儲けて銭が余っているらしく、あちこちから名器を掻き集めて、利休庵に流しているという話があるのどす」

綸太郎がそう言うと、内海はギラリと目を輝かせて、

「そいつが贋物を!?」

「お祭しのとおり、どっかで誰かに〝作らせている〟かもしれんのどす。でなければ、そんなに名器と呼ばれるものが、手に入るもんどすか。ええですか、旦那。好事家というもんは、銭金の問題やないのどす。てまえの所にずっと置いておきたい。そういうもんなんですわ」

「咲花堂、おまえもか」

「まあ、そういうのもあります」

「分かった。もし、贋作作りの一味がいるとしたら、町奉行所としても放っておくわけにはいかぬ。探索をしてみよう」

内海は珍しく自らを鼓舞するように胸を叩いて、早速、奉行所から飛び出して行った。

綸太郎はもう一度、贋の備前白山長虎をしみじみと眺めてから、

「これだけの腕がありながら……勿体《もったい》ない」

と思いながらも、どのような刀匠か気になって仕方がなかった。

七

備前白山長虎は贋物だ。妖刀ではない、と分かったその夜、旗本の秋野伴内の屋敷では一騒動が起こっていた。

当主の伴内が、自室に籠《こ》もったまま出て来ない。気になった要之助が部屋を覗き込むと、今まさに脇差を腹にあてがって、切腹をしようとするところであった。

「何を……！　お待ち下さい！」

要之助は飛び込んで必死にすがりつき、白装束の伴内の二の腕を摑んで、脇差を奪い取

ろうとした。

「放せ！　要之助！　わしに生き恥を晒させるつもりか!?」

「殿！」

「あの贋刀を盗まれたがために、一橋様にも迷惑をかけたッ。その上、老中の松平様にまで危難が及んだ。わしの不手際じゃ！　ええい、放せと言うに！」

乱暴に突き放そうとしたとき、要之助の腕を脇差の切っ先が抉《えぐ》る形で突き上げた。すぐ血が吹き飛んで白装束が赤く染まった。

「……！」

「殿……早まったことは、おやめ下さいまし」

と要之助は、それでも腹を切ろうとしていた伴内を力任せに押し倒して、

「誰か！　誰か来てくれ！」

と叫び声をあげた。すぐさま廊下を駆けつけて来た数人の家来と中間《ちゅうげん》たちが、繰り広げられる激しい争いを目の当《まあ》たりにして、懸命に取り押さえた。

騒々しい声に、奥から来た志津も、驚きは隠せなかったが、既に要之助らが脇差を奪い取っていたのに安堵して、

「父上ッ。どうして、こんな真似を」

と言いながらも、医者らしく要之助の傷を手際よく止血した。

「かすり傷です」

「いいえ。早く止血して消毒し、抉れた所を縫っておかないと膿《う》んでしまいます。だれか、湯《ゆ》を沸かして、それから焼酎《しょうちゅう》を持って来て下さい」

と中間に命じた。そんなテキパキとした娘の仕草を見て、伴内はしみじみと言った。

「志津……私は残念だよ……若い頃は、そうやって、要之助と二人で、わしの側にいてくれたがな……おらんだ屋敷で医学を学ばせたのが間違いだったかのう」

「……詮もない話です」

志津は屋敷に戻ってから、父親の面倒を少しばかり見ていたが、松平定信の密偵の仕事を忘れていたわけではなかった。

「すまぬな、志津……わしは、おまえに普通の暮らしをさせてやりたかっただけだ。そして、できれば要之助と一緒になって貰いたかった」

「えっ……父上……」

「言うな。わしとて旗本の端くれだ。五年前、おまえが姿を消してから、何処で何をしているかは知っていた」

意外な顔になった志津は、要之助を見たが、小さく頭を下げただけだった。すべて納得した。

「要之助……嘘をつきましたね」

「申し訳ありません。殿が承知していると話せば、逆に屋敷に戻ることはないと判断したものですから」

定信の密偵として働いていたことは、本当は要之助が調べ出して、逐一、伴内に報せていたのである。

「でも、父上……贋物の刀と分かったのですから、切腹をすることなどありませぬ」

志津が宥《なだ》めると、伴内は真贋は関わりない。すべては自分のせいだと断じて、一命をもって謝りたいと言うのだ。

「おまえが、命を賭けてお守りしている松平様を、父の私が危うい目に遭わせたのだ。旗本として、どこに一分が立つ。生き恥を晒すくらいなら……」

「父上」

と志津は淡々と言った。

「私は縁あって、松平定信様の側女《そばめ》として密かに仕えることになりました。それは男と女の関わりだけではありません」

「…………」

「人として素晴らしい御方だと思ったからです。それは、あれだけの権力を持つお方です。陰では悪く噂する人もいますし、『白河のナントヤで昔の田沼が恋しい』などと歌う人もいます。でも、松平様が行ってきた緊縮財政は、世のため人のためです。権力を利用して、昔の田沼意次のように、私腹を肥やす人がいいのですか？」

「いや、そんなことはないぞ」

「だから、父上が御公儀のために働くように、私は定信様のために……」

「そうか……」

しんみりとなって娘の顔を見つめた伴内の目には、まだ娘に対してできれば〝草の者〟のような暮らしなどやめて、家に帰って来て欲しいと未練があるようだった。

「今般の事件は、私も関わりあるのです。なぜならば……」

言いにくそうに俯く志津に、伴内は自分の方が辛そうな顔になって、

「どうしたのだ？」

「実は、松平定信様から、父上の動向を探れと常々命じられていたのです」

「なんと!?」

「かねてより、御庭番と思われる者たちが、定信様の御命を狙っている節がありました。

事実、賊は忍び込んで来ておりました」

「………」

「事なきは得ましたが、そのすぐ後に、備前白山長虎が、松平邸に届けられました」

「!……」

「この名刀は、父上が一橋家から拝領したものだと、私は知っておりました……もちろん定信様も、あの名刀を、父上が持っていることはご存じでした。ですから、父上が越後河鍋藩に譲ったのか、それとも誰かが盗んだのか、を探っていたのです」

「そうか……」

「ところが盗まれたことが分かりました……これはもう、妖刀の仕業として、松平様を葬るために違いない。そして、御庭番が襲って来たことと併せて鑑《かんが》みるに……」

敵は上様しかいない、と口にこそ出さないが、志津はそう伝えたかった。それを察したように伴内は頷いたものの、

「そうかもしれぬが、短絡的な考えはならぬ。上様と松平定信様が不仲ということを知っている輩が、焚《た》きつけているやもしれぬ」

「まさか、そんなことが……」

「隠密をしておるなら、それくらいのことを考えなくてなんとする」

長年、勘定奉行や長崎奉行を務めた伴内である。物事の裏の裏や内心の読み合い、駆け

引きの手練手管には通じている。

「だったら父上も……切腹をして逃げるのではなく、真相を暴けばよろしいのでは？」

凛とした眼差しを向ける志津に、伴内は揺るがぬ瞳で見つめ返して、

「それでよいのか？」

「はい」

「たとえ、おまえが不幸になっても」

「もとより、そのようなことは恐れておりませぬ」

「それも、松平定信様のためか」

「そうです」

たとえ父親に対してとはいえ、ここまで覚悟を語るとは、命を捨てるつもりなのか。その別れを言いに来たのかと伴内は勘繰って、

「哀れな者よのう……我が娘ながら……」

と目を逸《そ》らして、傍らの中庭にふと目を移した。

そこには、腕に包帯を巻かれた要之助が佇《たたず》んでいた。その表情はどこか重苦しく、一瞬、見やった志津でも、目をそむけたくなるほど痛々しいものがあった。

「さすがは、北町にこの人ありと言われた内海の旦那どすな。仕事が鋭い」

綸太郎が感心して笑みを洩らすと、内海弦三郎は微塵も眉を動かさずに、

「世辞はいい。ほら、あれだ」

と川辺に建っている小さな家を指した。

八

ここは千住《せんじゅ》大橋を渡ってさらに北に進み、荒川《あらかわ》に面した田畑の中にある小さな集落である。何処からともなく、鍛冶《かじ》の音やら木材を切る音、水車が回る音などが聞こえてきている。まさに人の営みが、爽《さわ》やかな川風に乗って漂っていた。

ここは、千住匠村、と付近の農民には呼ばれているらしい。誰とはなしに来て、掘っ建て小屋を建てて、炭焼きをしたり、陶器を焼いたりする者たちが集まって住みついた。そのうち、どんどんと物を作る人々が集まった。桶だの鍋、庖丁《ほうちょう》などの日用品から、中には絵画や塑像《そぞう》を作る、いわば〝芸術家〟が集まって独特の集落を形成していた。

その一角にあったのが、庖丁鍛冶の勝次《かつじ》の仕事場だ。

小さな家といっても、茶の師匠が侘《わ》び住まいをしているような風情だ。元々あったので

あろう、柿や栗、銀杏《いちょう》などが庭に植わっていて、よく掃除がされている。住人の品性の良さを感じた。

「――ごめんなさいよ」

と綸太郎が、開けられたままの玄関戸から中を覗いたとき、丁度、庖丁の火入れが終わったところであろうか、汗みずくの庖丁鍛冶が真っ赤な顔で振り向いた。四十がらみの男だが、着物の上からでも、その屈強な筋肉質が分かる。

「誰だね？」

庭の手入れの良さとはまったく違った印象の男が立っていた。裏にある鍛冶場から、たまたま母家に戻って来ていたらしく、ぐっしょりと濡れた作務衣を軽くはだけて、手拭いで汗を拭きながら、もう一度、誰だねと訊いた。

「突然に申し訳ありません。私、神楽坂で咲花堂という刀剣目利きをしております、上条綸太郎という者です」

その名を聞いた途端、庖丁鍛冶は落雷にでも遭《あ》ったように立ち尽くした。しばらく、茫然と見ていたが、

「刀剣目利きの方が何の用で……」

と訝るような目を向けた。明らかに、咲花堂の名を知っている様子だが、あえて触れな

いような素振りだった。

「勝次さんでおますな」

「そうだが？」

「ちょっと聞きたいことがありましてな。へえ……日本橋利休庵さんからの紹介で参りました。ほんま突然にすんまへん」

利休庵の名も述べて出方を待ったが、刀鍛冶の勝次は、忙しいところだから後にしてくれと言われた。綸太郎はいつまでも待つと言って、玄関から上がった所の部屋で、しばらく待つことにした。

裏手は土手に繋がっている。その小径《こみち》の木陰からは、内海が小屋の様子を窺《うかが》っていた。逃亡するのを恐れてのことである。

内海は、利休庵に出入りしている豆蔵から、勝次の存在を探り出したのだった。

豆蔵は、色々な職人に様々な贋作を作らせては、著名な骨董店に卸す商売もしていた。本業によって豆蔵は、多くの豪商や大名との繋がりがある。そこで、贋作をそれなりの値で届けているのである。

もちろん、贋作といっても、明らかに紛い物として売るのである。今でいうレプリカ、模造品だ。複製品だから、庶民が気軽に手が届くほどではないが安い。贋物と承知の上で楽しんでいるのであろうから、偽造には当たらない。

その豆蔵が束ねているのが、この〃芸術村〃の職人たちで、本業の傍ら、手の器用さを使って、模造品作りを副業としているのである。場合によっては、そちらの方が実入りがいいから、模造品作りに専念している者もいるという。

とはいえ、偽造と模造は紙一重である。裏でギリギリの悪さをしている同業者もいる。ゆえに、町方が話を聞きに来れば敬遠したがる。綸太郎のような目利きの方が話も分かるであろうと、乗り込んで来たのである。

綸太郎はじっとしていられなくなって、勝次の仕事場を覗いた。

弟子らしき若い衆を一人置いて、真剣な眼差しで、真っ赤に炭火が燃える竈の前で、火ぶくれしたような顔で、やはり真っ赤な鉄を打っている。

目で見て、耳で音を聞いて、鎚《つち》を持つ指先の感触、それから第六感を研ぎ澄まして、〃焼き入れ〃や〃焼き戻し〃を繰り返す。焼き入れは庖丁の硬さを、焼き戻しは粘りを決定づけるから、最も神経を使う工程だ。刀を作る作業と同じである。

シュワッと水につけた赤い刀身から、熱気が吹き上がる。その音と蒸気の状態から、出来不出来が分かるという。

折れずに曲がらぬものを作る。そのために真剣な眼差しで精魂を傾ける姿は、

——まさに刀匠、その人。

の姿であった。

「とても、贋作を作っている人間には見えない……」

と綸太郎は胸の中でつぶやいた。

一仕事終えて、座敷に戻ったとき、綸太郎の姿がないので、勝次は不思議そうに見回していた。

「すみません。仕事をしてるところを見させて貰いました」

「…………」

「ほんまに、いつ拝見しても刀匠の仕事というのは、感心させられますわ。そもそも、玉《たま》鋼《はがね》を薄く引き伸ばすところから始まって、小割りにし、心鉄《しんがね》と皮鉄《かわがね》を叩いてくっつける作業がこれまたきつい。そこから、何度も何度も造り込みをして素延べにして、火造りに至るまで、そりゃ他の匠《たくみ》の技に比べても、まさにこれぞ匠中の匠という感じですからな。いやあ、研師としても、そういう熱のこもった逸品を預かるときには、背筋が伸びるほど気が張りつめるもんで」

と一方的に喋《しゃべ》るのを、勝次は白々しい目で見ていた。

「何の用でございましょう」

「へえ。備前白山長虎について、お聞きしとうて参りました」

いきなり核心を突いたので、勝次は〝受け〟の構えもとることができず、鳩尾《みぞおち》を切っ先で貫かれたように、うっと声を詰まらせたまま凍りついた。

「あんたさんが、作ったのどすな、あれは」

「…………」

「今の仕事ぶりを見たら分かります。細かいことを言うようやが、仕事場にあった他のものを見ても、積み沸かしから鍛錬、火造りに至る手捌きは庖丁師ではなく、刀を扱うもの独特の動きや。切りたがねや平鋏《ひらばし》箸や梃子棒《てこぼう》、鞴《ふいご》などの道具を見ても、それは分かります」

綸太郎は物言いは丁寧だが、もはや逃さぬぞとばかりにじっと見つめて、

「そうでっしゃろ。あの竹藪の雀の細工は、本物と見紛うほどの出来栄えや。しかし、銘切りで、あんたはわざと鉤を入れた」

「…………」

「備前白山長虎の『虎』の本物には、ハネがないのや。しかし、あんたはわざと入れた。俺が作ったのや……と、違いますか？」

勝次は何か言い訳をしようと一瞬だけ、腰を浮かせたが、綸太郎の鑑定眼の鋭さに感服

したのであろう、きちんと正座をし直すと、深々と一礼をして、

「恐れ入りました。咲花堂さんのおっしゃる通りでございます」

と素直に認めた。その潔さに、綸太郎の方が戸惑ったくらいだった。しかし、仕事ぶりを見れば分かる。

「やはり、思うたとおりのお人や」

「は？」

「あの贋の備前白山長虎を見たとき、これを打ったのは優しい人柄の人やと思うたんです。そこが一番の違いですな、長虎とは……あの名匠は、周りの人間がみな不幸になってしまうくらい、酷《ひど》い人だったらしいですからな」

「つまり、私は到底、及ばなかったというわけですな」

「長虎とは違う、ええ味があります」

「恐縮です……しかし、所詮は物真似。私には、長虎はおろか、正宗《まさむね》や一文字《いちもんじ》などを超えることなど無理ということです」

「人と比べることはありませんやろ。ま、今日はその話ではありません。実は……」

と話しかけた綸太郎に、勝次はもう一度、頭を下げてから、

「私も気になっていたんです。あの備前白山長虎が人を殺すなんてことは、ありえない。

だって、贋物なんですから……だから、もし、利用されているなら心外だ……それにそのことで本物にされてしまうのも、また忸怩《じくじ》たるものがありました」

「うむ……」

「ですから、いつ言おうか、いつ話そうかと思っていたのですが……もう、随分と前に私の手から離れたものだし、まあ、いいかと」

「自分の手から離れた、ね」

「はい」

「それは、自分が本当は魂を込めてないからや。作った刀は自分の子供のようなものだと言いますすな。出来がよかろうが、悪かろうが。手を離れれば離れるほど、また気になるのと違いますか？　暴れてないかとか、人様に迷惑をかけてないかとか」

「それは……」

勝次は小さく頷いたが、綸太郎が何か責め立てているように見えたのであろう。縁側から見ていた弟子が思わず口を挟んだ。

「何も知らん人が、いい加減なことを言うな。師匠はいい人だッ。分かったような口をきくな、このやろう」

と感情を露わにした。勝次は、おまえは黙っておれと、叱《しか》りつけて奥へやらせた。

「近頃の若い者は……」

身構え、心構え、躾《しつけ》ができていないと嘆《なげ》いた後で、自分はそれ以下だと自嘲した。

「贋作を作ったのには、何か訳があるようどすな」

「人様に言っても、仕方のないことです。理由はなんであれ、人は何がしか背負って生きているものですから」

そう言って、傍らの火鉢に乗せたままの土瓶から、湯を注いで煎茶をいれようとした。

その時、ぶらりと中庭に入って来た内海が、

「女房の薬代欲しさってわけか」

と縁台に座った。勝次は特段、驚いた様子もなく、

「旦那もお飲みになりますか」

見張られていたのに、気づいていた様子だ。

「悪いが、おまえのことは町方で、調べてるんだ」

「…………」

「豆蔵ってやつは案外、喋くりでな。ありゃ生来、そうなんだろうよ……おまえの女房は不治の病にかかった。だが、刀鍛冶とはいえ、そうそう高い薬を買ったり、著名な医者に診せることはできねえ。それでだ……」

　勝次は、豆蔵に誘われるままに、模造品を作ることに手を出した。元々、関七流《かんしち》の一派である三阿弥派《さんあみ》の流れをくむ刀匠に弟子入りし、勝次自身も将来を嘱望されていた。だが、徒弟制度が厳しい刀鍛冶の世界である。

　少々、嫉妬《しっと》深い師匠のせいで、世に出るのが遅れた。同じ年輩の者たちが次々とよい仕事をしていく中で、自分だけがいつまでも修業の身ということがやるせなかった。

　だが、刀を作る上では、鍛えて錬《ね》って美しい地鉄にする〝鍛錬〟が大切なように、刀匠になるまでの修業は、心身ともに打たれ続けるのが肝心なのだ。勝次の師匠は体に覚えさせていたのに違いない。

「そのことが分かりはじめたのも、ようやく近頃になってからです」

　と勝次が心の底から、そうつぶやくのへ、内海は続けた。

「しかし、まだ若かったおまえは、師匠のところを飛び出し、女房に苦労させながら、仕事場もあちこちを転々とした……鍛冶屋の女房という言葉を知ってるか。鉄みたいに叩かれないだけマシ。黙ってついていくしかないってな……糟糠《そうこう》の妻と似たような意味だ」

「…………」

「その女房のために、悪いことを耳元で囁いた奴がいる……日本橋利休庵だ。豆蔵に引き合わされたおまえは、模造品をかなり作っていたらしいな。しかし、大名や幕閣に渡すものは……本物として、渡していたそうだ」

「はい……」

綸太郎がそっと側によって、慰めるような優しい声だが、厳しいことを言った。

「模造品のうちはまだいい。だが、贋作に手を出してしまったら、刀匠の魂を捨てたも同じや。たとえ女房の薬代欲しさでも、それだけはしちゃいけなかったんだ」

「そうでしょうか……」

と勝次は少しだけ険しい顔になった。

「刀より命の方が重い。違いますか」

「そりゃ、そのとおりや」

「妻は残念ながら……でも、私は悔やんじゃいませんよ。女房のために精一杯やった。だから贋作だろうと何だろうと女房のために……」

「だったら、自分の名で、自分の腕で勝負すべきどしたな。自分が備前白山長虎と並び、超えれば済む話やがな」

綸太郎もきちんと相手を見つめて、

「ええどすか。自分は、正宗にも一文字にも敵わない。それを女房のせいにしただけやおへんか。違いますか⁉」

図星だった。どう言い訳をしても、心の奥の奥では、女房のためだと言い訳をしていた。贋作を作るのも模造を作るのも、本当の自分ではない。しかし、女房のためだから、これでいいのだと己を納得させていた。まさに、綸太郎の見抜いたとおりだ。

「へ、へえ……咲花堂さんの真贋を見る目……恐れ入りました」

「だったら勝次」

と内海がポンと肩を叩いて、

「町奉行所で一切合切を話せるな。備前白山長虎が贋作だとなれば、一連の事件は、明らかに誰かが仕組んだことになる。町奉行所としても、堂々と探索ができるのだ」

「へえ。お話しします、へえ……」

勝次は何度も頷きながら、汚れたままの作務衣の袖で、真っ赤な顔を拭いた。

九

北町奉行所の吟味《ぎんみ》部屋では、与力が立ち合いのもと、勝次は贋作に手を染めていたことを告白した。

綸太郎も同席していて、

「――私が鑑定したのは、この刀です。間違いありませんな？」

と勝次に見せると、パッと一瞥《いちべつ》しただけで、

「間違いありません」

と素直に答えた。

「かなりの目利きの方でも分からないくらいの出来だと、私自身、思ってます。でも、本物に比べれば……咲花堂さんが言うとおり、肌合いが違います。それと、銘切りのところをわざと変えています。他に作った幾つかの業物も、わざと最後の一画をハネることで、私のモノだと分かるようにしておきました」

吟味与力は、幾ら女房の薬代のためとはいえ、贋作を作ったことは死罪に値することだと厳しく追及したが、逆に綸太郎は弁護するように、

「お待ち下さい、与力様。たしかに、勝次は贋作を作りましたが、あえて銘切りを変えるということは、模造品として作ったことになりまへんやろか」

「なんだと？」

「……勝次さん。あんた、豆蔵に幾らで売らはった」

「はい。十両、でございます」

「ふむ。首が飛ぶ金額だな」

と吟味与力は皮肉を言ったが、綸太郎の言いたいことを察知したように、「で、豆蔵が日本橋利休庵には、幾らで渡したのだ」

それには、内海が答えた。

「百両でございます」

「ほう、十両が百両、となｌ」

「驚いてはなりませぬ。その百両で手に入れたものを、利休庵清右衛門は、三百両で一橋様にお譲りしております」

と綸太郎がつけ加えると、吟味与力は頭がくらくらしたような仕草をして、

「ほう……まさしく濡れ手で粟《あわ》だな」

「もし、実物であるならば五百両は下らぬものでございます。それを見込んで、利休庵は三百両という値をつけたのでしょう」

「ふむ……」

「となると与力様、勝次が作った刀が十両だとすると、適正な値とちゃいますか。このように、利休庵は〝折紙〟までつけているのです。勝次の作ったものを利用して、バカ儲けしたのは明白ではありませんか？」

吟味与力は綸太郎の言い分に納得して、控えの間に呼んであった利休庵清右衛門を、吟

味部屋に招いた。

「どうだ、利休庵。おまえは贋作と承知しつつ、莫大《ばくだい》な利益を上げるがため、折紙までつけて一橋様に渡したのか」

「はて……贋作などと、知りませぬ」

「しかし、豆蔵が渡したモノを、一橋様に……」

「豆蔵ならば、よく知っております。模造の品をよく持ち込んで来ますからな。しかし、うちは刀剣目利きで、玩具屋ではありません。豆蔵のものを買い取ったことなど一度もありません」

これは事実だ。豆蔵から流れて来る模造品は、欲しがる人に口利きはするものの、商品として自分が扱ったことはない。

「ならば、何故、刀だけは……」

と吟味与力が少し苛立って訊くのへ、清右衛門は淡々と答えた。

「ですから、私は刀剣目利きでございます。そちらにおわす咲花堂さんと同じ……」

「では利休庵、これはおまえが鑑定したものではない、と言うのか」

「そうです。似ても似つかぬ紛いモンですな。しかし、おかしな話です……どうして、こんなものが……」

と利休庵は白々しく惚けてから、

「噂に聞けば、備前白山長虎は、咲花堂さんも、持ってるらしいですな」

「！……」

「しかし、目の前にある、これが贋物ということは、ひょっとしたら、鑑定をしている間に、こっそり摩《す》り替えたのかもしれません。与力様、咲花堂さんのことも、きちんと調べて下さいまし」

突然の言葉に、綸太郎も茫然となった。吟味与力はすかさず訊いてくる。

「どうなのだ、咲花堂」

「へえ……」

あると答えれば、騒動が起こっていたのに、何故黙っていたか追及されよう。ないと答えれば、嘘をつくことになる。鑑定家が嘘をつけば、致命傷となろう。

――なるほどな、これが狙いだったか。

綸太郎は、今更ながら、ぞっとした。清右衛門の執念にである。本物の備前白山長虎を欲しいがために、旗本の秋野から刀を奪い、妖刀騒ぎを起こしたのも、清右衛門の筋書きだったのだ。

そう考えると、綸太郎はある決意をした。

すぐさま、番頭の峰吉を呼び出し、備前白山長虎を持って来させた。

峰吉すら、咲花堂にあるとは知らなかったので、その驚きたるや天地がひっくり返りそうなほどだった。

北町の吟味部屋で、差し出された一振りは、まさしく異様な光を放つ備前白山長虎だった。玉のような透明な刀身に、一同は吸い寄せられそうになった。

清右衛門はじっくり見入ってから、

「まさしく……私が鑑定したのは、この刀であります。そこな贋物とは月とスッポン。こうして比べてみれば、一目瞭然」

と自信満々の声で言った。吟味与力は、もう一度、確認するために訊いた。

「間違いないのだな？」

「はい。これぞ私がかつて、折紙をつけた業物。どうして、神楽坂咲花堂にあったのか、不思議でしょうがありませぬ」

綸太郎は一言も語らず、清右衛門の言い分を黙って聞いていたが、

「だとしたら、清右衛門。それは、旗本、秋野伴内様のものや」

「む……？」

「秋野様の屋敷から盗まれたのやさかいな」

「………」

「私も盗まれた刀を探すよう、頼まれていたのやが、それが秋野様の刀だと言うのなら、早々に引き取りに来て貰うたらええ」

と綸太郎が毅然と言うと、吟味与力が口を挟んで、奉行所で預かって後、秋野に返すことにすると断じた。

「ま……それなら、それでよろしかろう」

少しがっかりした顔になった利休庵に、白洲《しらす》で聞いていた勝次は苦々しい声で、

「与力様、一言、よろしいですか」

「なんだ」

「利休庵さんは、石田三成《いしだみつなり》と堀川国広《ほりかわくにひろ》の話をご存じですか」

唐突に何を言い出すのだと、清右衛門は、勝次を冷たい目で見下ろしていた。

「国広は、石田三成のたわむれに付き合って、正宗の模造品を作りました。しかし、贋物と見分けのつかぬほどの秀作を作った国広は、その場にて刀を折りました。余興は余興で終えると」

綸太郎は静かに話しはじめた勝次を、食い入るように見た。

「その後、石田三成は関ヶ原で西軍の大将として敗れ、六条河原で斬首されますが、あれ

こそ贋の三成――実は、当時、天下の刀匠になっていた国広は、自分を世に出してくれた三成への恩義から、家康公に命乞いをしたのです」

「………」

「国広の命乞いを受けるには、徳川家から条件がありました。その条件とは……徳川家の要求に応えて、正宗の贋作を作ることです」

関ヶ原での様々な武勲者に対して褒賞がいる。そのために正宗が沢山入り用だったのである。その話は綸太郎も知っている。だが、黙って聞いていた。

「恩人のために贋物を作り続け、あれだけの贋物を作りながら、国広の名声はあまねく知られています。私は、命を助けるために、贋物を作るということは、やはり間違ってなかったと思います……たとえ、それが力及ばなかったとしても……」

亡き妻のことを想って、また涙が出て来たのであろう。苦労を掛けっぱなしで死なせたことが、勝次はよほど悔しいようだ。

「でも、私の作ったこの備前白山長虎が、褒賞に使われるでもなく、家の守り刀に使われるでもなく、ただ人殺しの道具として使われたのなら……悔やんでも悔やみ切れません」

「何を言いたいのだ、あんたは」

と清右衛門が呆れた顔になるのへ、勝次はきっぱりと言った。

「私は今、初めて本物の備前白山長虎を見ました……咲花堂さんのおっしゃられたとおりだ。見ただけで分かります。でも、与力様。見たこともない刀を……しかも、複雑な彫物のある刀をどうして真似できたか、分かりますか？」

「うむ。たしかに気になるな」

「利休庵さんから、〃刀拓〃を預かったからです」

「な、何を言い出すのだ！」

「その刀拓は、既に利休庵さんに返しておりますが、聞いた話では、京は東洞院《ひがしのとういん》通にある咲花堂本店にいた頃に取ったものとか」

「！……」

「目利きや骨董を扱う人たちの間では、拓本にして取るのは御法度です。それこそ、商いができなくなるのではありませんか」

勝次は必死に、綸太郎を庇うつもりで言ってくれているようだった。清右衛門は、知らぬ黙れ、贋作をする奴の言うことなど信用できるかと、逆に怒りはじめた。

「控えろ、利休庵。吟味中であるぞ」

と与力は制してから、勝次に対する処分だけを言い渡した。贋作か模造品の違いはともかく、紛らわしいものを作って、それによって死人までが出たことは、間違いない。よって、江戸十里四方所払いとなった。

綸太郎は吟味与力に深々と頭を下げた。

十

「さあ、いずれが、あなた様の屋敷にあったものか、選んで下さいまし」

と吟味与力立ち合いのもと、綸太郎は二振りの備前白山長虎を差し出したとき、秋野の屋敷の中庭から、コンと鹿威《ししおど》しの音が軽やかに響いた。

「あなたが探してくれと言うから、持って来たのです。さ、どちらですかな？」

秋野はあっさりと答えた。

「こっちだ」

贋物の方を選んだ。

「間違いありませぬか」

吟味与力が念を押すと、秋野は何度も頷きながら、

「わしは刀剣のことはさほど詳しくはない。しかし、ご覧あれ。鍔がまったく違うではないか。実は……一橋様から頂いたとき、鍔の形も模様も気に入らなかったので、先祖の愛

刀をこちらに移し換えさせたのだ」

両木瓜《もっこう》という独特な形の中に、刀身の彫り物と同じ、雀が描かれている。竹藪ではなく水辺だが、水墨画のような情趣溢れる鍔だった。

「なるほど、相分かりました」

と吟味与力は言った。

「利休庵が嘘を申し立てた、ということになるな」

「どうやら、そのようですね」

「では、その実物は咲花堂……おまえが持っていたのか」

「へえ。武家が持っていては……」

騒動の種になるからと、本阿弥家が預かり、その後、上条家に伝わっていたことを話して聞かせた。

「さようか。ならば、妖刀騒ぎは二度と起こらぬ。そうだな」

「はい」

「では町奉行所としても、鋭意、探索して、松平家の家臣たちの斬り合いにつき、真相を探ることに致しましょう」

と吟味与力が言うと、秋野は毅然と立ち上がって、

「それには及びませぬ」

「わしは将軍家の家臣の一人。不祥事は表に出したくない……そうであろう、要之助」

「は？」

秋野は襖の向こうに声をかけた。

「今度は、咲花堂に押し入って、備前白山長虎を盗み出すつもりか？」

ゆっくりと襖が開いて出て来たのは、側役の葛西《かさい》要之助だった。

「どうした。またぞろ利休庵に金を積まれたか。それとも……」

「金も積まれたし、出世の約束もしてくれました」

と要之助は遮るように言って、ギラリと鋭い眼光を放った。

不躾な態度は大方、予想をしていたかのように、秋野は平然と、

「やはり、おまえが備前白山長虎を盗んでおったか。何のためだ。騒動を起こして、なんとする」

「妖刀に見せかけて松平定信を殺す。そして、家斉様が好きなように幕政を操る。私は側用人として抜擢《ばってき》される。そういうことになっているのです」

「下らぬッ」

「利休庵は、その騒ぎに乗じて本物の備前白山長虎を、咲花堂から手に入れる。お互いの

利が一致したまでのこと」

「要之助、貴様……」

「散々、あなたには仕えて来たのです。しかも、志津を待ちわびながら……だが、帰って来なかった。松平定信の情人《いろ》に成り下がって、私を捨てた。秋野家の婿養子になる夢もなくなった。ただただ、下らぬことのために一生を棒に振るのは御免だった。志津を忘れるためには、こうするしかなかった。だから、私は決めた……どうせなら、天下人の側で働くと。さすれば、私を見限って、松平定信のもとに走った志津も私の思うがまま……」

「まともではないな、要之助」

「だとしたら、まともでなくしたのは、殿、あなたたち父娘だ」

要之助は素早く吟味与力に駆け寄って突き飛ばすなり、本物の備前白山長虎を奪い取り、即座に抜き払った。ほんの一瞬、部屋の中が明るくなったかのように煌《きら》めいた。

――妖気が走った。

と綸太郎には思えた。

モノには魂が宿る。長虎の刀匠としての執念は、ずっと残っている。邪悪なものが移れば邪悪になり、善良なものが移れば平穏が訪れる。それが世の道理である。

「どうせ切腹をして果てるはずだったのではないかッ。この妖刀のせいにして、おまえたちには、お陀仏と願おう」

「そうは、いかないわね」

廊下に志津が立った。

同時、要之助の背後には、富田市兵衛が聳《そび》えた。

二人とも、松平定信の〝草〟である。

要之助は一瞬にして富田の腕前を見抜いた。自分とは五分と五分。志津はどうとでも料理できると踏んだ。

「志津……一度は俺と情けを交わした仲なのに、斬り合う運命《さだめ》だったとはな……そこな父上の目を盗んで、熱くまぐわったときの、おまえの艶やかな顔は未だに忘れられぬ」

わざと下卑た笑いを浮かべた。動揺させるつもりであろうが、志津は微塵も心が動かない。忍びとして鍛錬したからではない。定信のためならという強い気持ちがあるからである。

――損得で動く奴とは、〝地鉄〟が違うな。

綸太郎はそう感じて、見守っていた。

「哀しいわね、要之助……あなたなら、秋野家を背負って立てると思ってた。父は養子にとも考えていたはず」

「何を今更……家を捨てたのは志津、おまえ自身ではないか」

と富田を振り返り、「今度は、そこな獣みたいな男と、よろしくやっているというわけか……昔の清純な志津は、どうやら俺の幻想として消えるようだな」

わずか半歩、志津に擦り寄ると要之助は気合を込めて、斬りかかった。素早く避けたところへ、背後から富田が躍りかかる。ほんの一寸か二寸でかわした要之助は、そのまま跳ねた勢いで、傍らで身構えている伴内に向かって踏み込んだ。

そのままでは、バッサリと脳天に刃が落とされる。

「危ない！」

瞬時に判断した綸太郎は、身軽に跳ねて、床にある贋の備前白山長虎を素早く抜き払った。そのままの勢いで、要之助が打ち下ろして来る太刀を弾き返す。

「おのれッ。邪魔をするな、町人ふぜいが！」

と二の太刀を振り落としてきたのを、サッとかわした綸太郎は、振り抜けた要之助の刀の峰を強く打ちつけた。

ゴキッ――。

鈍い音がして、本物の備前白山長虎は折れた。

その折れた所から先が、ひらりと宙を舞って、要之助の背中にグサリと刺さった。

「うわッ……！」

驚いたのは要之助だけではない。

綸太郎も、伴内も、吟味与力も、意外なほど弱く崩れた名刀の無様な姿に声も出なかった。たしかに刀背《みね》は、刃に比べて脆《もろ》いものである。折れやすい。

だが、贋の備前白山長虎に折られるとは、綸太郎も思ってもみなかった。

振り下ろした要之助自身が、一番の衝撃を受けているようだった。背中の刃先を体を振って落とすと、自分の刀を抜き払って、さらに悪態をつきながら、猛烈な勢いで斬りつけてくる。

「死ね、このやろう！　殺してやる！」

背中の傷から、ドクドクと血が流れはじめた。自制がきかないほど朦朧《もうろう》としてきたのであろう。刀は無拍子で、出鱈目《でたらめ》に振られているだけだ。

「くそう……なぜだ……俺が、なぜ……」

無念そうに顔が歪んだ。富田が斬り込もうとした途端、要之助は自ら喉を突いた。そして、ほんのわずかの間、

――志津……ほんとに……惚れてたんだ。

そう言いたげな目になって崩れた。

志津は無言のまま見ていた。

家来たちが廊下や中庭に来て、様子を見ていたが、伴内はきっぱりと言った。

「妖刀備前白山長虎のせいじゃ……よいな。これもまた、妖刀のせいじゃ……わしがこの手で溶かし潰すゆえ、他にはもう飛び火せぬ……妖刀のせいじゃ……」

床に倒れた無念そうな要之助の姿を、綸太郎はいつまでも見つめていた。


この事件は——決して表沙汰になることはなかった。ゆえに、利休庵の嘘も咎められることはなかった。

いつしか、定信と将軍家斉のいがみ合いも、忘れられた。

そして、神楽坂咲花堂の暖簾の色が、秋らしい紅葉柄から、冬支度のような温もりのある色合いに変わった。

「それにしても、若旦那……あれ、ほんまもんの備前白山長虎だったのどすか？」

峰吉は実に惜しそうに振り返る。

「さあな。あっさり折れたのや。案外、贋物だったのかもな」

「若旦那の見る眼がなかったちゅうことですか」

「はは、そうかもしれへんな。本物も偽物も、一緒にして、勝次に溶かしてもろうた」

「勝次?」

「ああ、おまえは知らなんだな。ま、ええ、そのうち値が出るさかい、見かけたら、少々高うても買い集めときや」

「また、どうせ二束三文でっしゃろ。長虎を見抜けない若旦那の言うことは、信用でけまへんなあ」

聞き慣れた峰吉の悪口を背中で受けながら、表通りに出ると、暮れなずむ神楽坂を、何がおかしいのかケタケタと笑いながら、桃路と玉八が駆けて登って行っている。玉八の怪我もすっかり治ったようだ。

「若旦那ア……今日は、『松嶋屋』で河豚《ふぐ》鍋の会ですよ。忘れないで来てねえ」

桃路がいつものように投げかける。

ふと見上げると空が物凄く高い。どこまでも突き抜けるような蒼《あお》さが残っている。その蒼さの中に、白い月が浮いている。

――秋の月は、かぎりなくめでたきものなり。いつとても月はかくこそあれとて、思ひ分かざらん人は、無下に心憂かるべき事なり。

徒然草《つれづれぐさ》の一節を、綸太郎は口ずさんだ。秋野家の行く末とかけたのである。

坂道を心地よい風が吹き抜け、やがて、白い月が色づいてきた。

未練坂

一〇〇字書評

切り取り線

購買動機（新聞、雑誌名を記入するか、あるいは○をつけてください）

- □ （　　　　　　　　　　　　）の広告を見て
- □ （　　　　　　　　　　　　）の書評を見て
- □ 知人のすすめで
- □ タイトルに惹かれて
- □ カバーがよかったから
- □ 内容が面白そうだから
- □ 好きな作家だから
- □ 好きな分野の本だから

●最近、最も感銘を受けた作品名をお書きください

●あなたのお好きな作家名をお書きください

●その他、ご要望がありましたらお書きください

住所	〒				
氏名		職業		年齢	
Eメール	※携帯には配信できません			新刊情報等のメール配信を 希望する・しない	

あなたにお願い

この本の感想を、編集部までお寄せいただけたらありがたく存じます。今後の企画の参考にさせていただきます。Eメールでも結構です。

いただいた「一〇〇字書評」は、新聞・雑誌等に紹介させていただくことがあります。その場合はお礼として特製図書カードを差し上げます。

前ページの原稿用紙に書評をお書きの上、切り取り、左記までお送り下さい。宛先の住所は不要です。

なお、ご記入いただいたお名前、ご住所等は、書評紹介の事前了解、謝礼のお届けのためだけに利用し、そのほかの目的のために利用することはありません。またそのデータを六カ月を超えて保管することもありませんので、ご安心ください。

〒一〇一-八七〇一
祥伝社文庫編集長　加藤　淳
☎〇三（三二六五）二〇八〇
bunko@shodensha.co.jp

祥伝社文庫

上質のエンターテインメントを！　珠玉のエスプリを！

祥伝社文庫は創刊15周年を迎える2000年を機に、ここに新たな宣言をいたします。いつの世にも変わらない価値観、つまり「豊かな心」「深い知恵」「大きな楽しみ」に満ちた作品を厳選し、次代を拓く書下ろし作品を大胆に起用し、読者の皆様の心に響く文庫を目指します。どうぞご意見、ご希望を編集部までお寄せくださるよう、お願いいたします。

2000年1月1日　　　　祥伝社文庫編集部

未練坂《みれんざか》　刀剣《とうけん》目《め》利《き》き　神楽坂咲花堂《かぐらざかさくはなどう》　　時代小説

平成18年9月10日　初版第1刷発行

著　者　井《い》川《かわ》香《こう》四《し》郎《ろう》

発行者　深澤健一

発行所　祥《しょう》伝《でん》社《しゃ》
東京都千代田区神田神保町 3-6-5
九段尚学ビル　〒101-8701
☎03(3265)2081(販売部)
☎03(3265)2080(編集部)
☎03(3265)3622(業務部)
印刷所　堀内印刷

製本所　積信堂

造本には十分注意しておりますが、万一、落丁、乱丁などの不良品がありましたら、「業務部」あてにお送り下さい。送料小社負担にてお取り替えいたします。

Printed in Japan
©2006, Koushirou Ikawa

ISBN4-396-33311-0 C0193

祥伝社のホームページ・http://www.shodensha.co.jp/

祥伝社文庫

井川香四郎
秘する花 刀剣目利き 神楽坂咲花堂
神楽坂の三日月で女の死。刀剣鑑定師・上条《かみじょう》倫太郎《りんたろう》は女の死に疑念を抱く。倫太郎の鋭い目が真贋を見抜く！

井川香四郎
御赦免花 刀剣目利き 神楽坂咲花堂
神楽坂咲花堂に盗賊が入った。同夜、豪商も襲い主人や手代ら八名を惨殺。同一犯なのか？倫太郎は違和感を…。

井川香四郎
百鬼の涙 刀剣目利き 神楽坂咲花堂
大店の子が神隠しに遭う事件が続出するなか、妖怪図を飾ると子供が帰ってくるという噂が。いったいなぜ？

藤原緋沙子
恋椿 橋廻り同心・平七郎控
橋上に芽生える愛、終わる命…橋廻り同心平七郎と瓦版屋女主人おこうの人情味溢れる江戸橋づくし物語。

藤原緋沙子
火の華《はな》 橋廻り同心・平七郎控
橋上に情けあり。生き別れ、死に別れ、そして出会い。情をもって剣をふるう、橋づくし物語第二弾。

藤原緋沙子
雪舞い 橋廻り同心・平七郎控
一度はあきらめた恋の再燃。逢えぬ娘を近くで見守る父。――橋上に交差する人生模様。橋づくし物語第三弾。

祥伝社文庫

藤原緋沙子　**夕立《ゆだ》ち**　橋廻り同心・平七郎控

雨の中、橋に佇む女の姿。橋を預かる、北町奉行所橋廻り同心・平七郎の人情裁き。好評シリーズ第四弾。

藤原緋沙子　**冬萌え**　橋廻り同心・平七郎控

泥棒捕縛に手柄の娘の秘密。高利貸しの優しい顔――橋の上での人生の悲喜こもごも。人気シリーズ第五弾。

藤原緋沙子　**夢の浮き橋**　橋廻り同心・平七郎控

永代橋の崩落で両親を失い、深い傷を負ったお幸を癒《いや》した与七《よしち》に盗賊の疑いが――橋廻り同心第六弾！

黒崎裕一郎　**必殺闇同心**　隠密狩り

妻を救った恩人が直次郎の命を狙った！　江戸市中に阿片がはびこるなか、次々と斬殺死体が見つかり……。

黒崎裕一郎　**四匹の殺し屋**　必殺闇同心

頸《くび》をへし折る。心ノ臓を一突き。さらに両断された数々の死体…。葬られた者たちの共通点は…。

黒崎裕一郎　**娘供養**　必殺闇同心

十代の娘が立て続けに失踪、刺殺など奇妙な事件が起こるなか、直次郎の助ける間もなく永代橋から娘が身投げ…。

祥伝社文庫・黄金文庫　今月の新刊

西村京太郎　十津川警部「初恋」
初恋の人の死の疑惑に十津川警部が挑む！

乃南アサ　女のとなり
当代一の観察者が描いたすべての女性の必読書！

近藤史恵　Shelter（シェルター）
心のシェルターを求めるミステリアス・ジャーニー

柄刀一　十字架クロスワードの殺人　天才・龍之介がゆく！
最後まで先の読めない、これぞ本格ミステリー！

清水義範　銅像めぐり旅　ニッポン蘊蓄《うんちく》紀行
坂本龍馬、西郷隆盛、太田道灌。銅像が多いのは？

佐伯泰英　無刀　密命・父子鷹《おやこだか》
惣三郎、未だ迷いの渦中「密命」円熟の第十五弾

小杉健治　七福神殺し　風烈廻り与力・青柳剣一郎
悪はどっちだ！　七人の盗賊を追う青痣与力は…

井川香四郎　未練坂　刀剣目利き神楽坂咲花堂
その奇行に隠された「仇討ち」の真相とは

篠田真由美　唯一の神の御名《みな》　龍の黙示録
正統派伝奇の系譜を継ぐ人気シリーズ第三弾

曽野綾子　原点を見つめて
人生に必要な出発点と足元を照らす二つの光源

松木康夫　余生堂々
六〇歳から始まる黄金の人生。攻めと守りの健康法

中村澄子　1日1分レッスン！TOEIC TEST　英単語、これだけ
カリスマ講師が厳選した本当に出る単語だけ

静月透子　おじさん、大好き
あとちょっとで、もっと素敵になれるのに